El sótano

Begoña Huertas

El sótano

EDITORIAL ANAGRAMA
BARCELONA

Parte de esta novela se realizó gracias a una beca en la Real Academia de España en Roma durante el año 2019

Ilustración e imágenes del interior: © Begoña Huertas

Primera edición: enero 2023

Diseño de la colección: Julio Vivas y Estudio A

ISBN: 978-84-339-0167-5
Depósito Legal: B. 19939-2022

Printed in Spain

Liberdúplex, S. L. U., ctra. BV 2249, km 7,4 - Polígono Torrentfondo
08791 Sant Llorenç d'Hortons

Para Sara y Silvia

Compongo versos claros sobre una cosa oscura.

LUCRECIO,
De la naturaleza de las cosas

1. MATERIA ADORMECIDA

La doctora Muñoz hablaba sacudiendo los brazos con decisión, de una manera suave pero firme sus movimientos parecían ordenar las cosas a su alrededor.

–Cáncer testicular –dijo.

Estábamos mirando una serie de fotografías, realizadas al microscopio, de diferentes enfermedades. La serie se titulaba «Belleza escondida».

Con la desenvoltura de una comisaria de arte, la doctora me señalaba cómo se combinaban en ellas las formas y los colores, destacaba los patrones y me llamaba la atención sobre las texturas, digno todo ello, decía, de la mejor pintura abstracta.

Volvió a dejar el cáncer testicular en su sitio y descolgó otro cuadro. Aunque no debían de pesar mucho, los marcos de las fotografías tampoco eran pequeños, pero ella no dudaba en moverlos hasta el escritorio para ponerlos bajo la luz natural y así poder apreciar mejor todos los detalles.

–Cirrosis hepática.

Su voz resultaba autoritaria y acogedora al mismo tiempo. En la imagen, un azul que ella calificó de subterráneo se replegaba como un río de formas sinuosas y dibujaba islas rojas de diferente tamaño entre el agua espesa, que parecía arrastrar materia orgánica.

Observé aquellas células anónimas.

A mí también me habían observado por dentro. Yo misma había dado un paso atrás para dejar mi cuerpo en exposición, porque era lo lógico y lo necesario, estando enferma.

Yo, retirada de mí, mirando por encima del hombro de los que me miraban. Como si aquello que estaba siendo explorado no fuera yo, como si no me importara.

Pero me importaba, aunque no lo supiera. Una se cosifica para no sufrir.

–Mira qué bonita la cicatriz del miocardio.

Allí había como una huida de círculos morados.

Ella dijo que era bonita y yo pensé que era bonita. En consecuencia, asentí y sonreí un poco por primera vez.

El despacho era una sala hexagonal que sobresalía del último piso del edificio, con dos paredes acristaladas y las otras cuatro forradas de madera oscura, suspendido en el aire como un nido de pájaro en la rama de un árbol.

Había encontrado a la doctora sentada tras aquel robusto escritorio que incrustaba sus patas en la gruesa moqueta del suelo. En un tocadiscos antiguo sonaba una trompeta. Ella llevaba una bata blanca desabrochada y sobre el jersey negro le colgaba un medallón de bronce, grande y redondo, con motivos aztecas. Por un momento debió de recordarme a alguien de mi infancia, porque cuando llegó hasta mí le ofrecí espontáneamente mi mejilla con una entrega casi infantil, pero ella me devolvió al presente con un apretón de manos. Encadenó ese movimiento de su brazo firme en el saludo con otro hacia el tocadiscos para detener el vinilo, y en el viaje de vuelta posó la punta de sus dedos en mi espalda para dirigirme hacia una butaca.

Mientras hablaba de las posibilidades médicas de mi caso y del futuro prometedor, abrió un cajón, revolvió unos papeles y extrajo al fin unas hojas que puso sobre la mesa para que yo firmara. Su institución era pionera en terapia génica y en la práctica clínica con células madre. Obtenían excelentes resultados, aunque algunos tratamientos todavía estaban en fase experimental. Mi historial médico, mis treinta y siete años y un tumor localizado en el apéndice y extirpado limpiamente eran las condiciones ideales para beneficiarme de todo ello. Recuperaría la vitalidad y pasaríamos a considerar, quizás, una cirugía preventiva.

–Lo importante ahora es sacar todo el partido de nuestro tratamiento reforzante.

Pero yo no quería reforzarme, yo quería desaparecer para descansar.

Mis pies se hundían en la blandura de la moqueta.

Fuera soplaba el viento y la imagen tras la doctora era un cuadro vivo de ramas y nubes sacudidas. Su voz un tanto monótona me hablaba de las virtudes de la clínica y me adormecía en un sopor hipnótico, como una nana. La pared a mi derecha era un ventanal hasta el suelo, como el que tenía enfrente, y daba a la parte más frondosa del jardín, lo que aumentaba esa sensación de nido. A mi izquierda una estantería de madera oscura cubría toda la pared de libros. A nuestra espalda reposaban las bellezas escondidas de la enfermedad.

La doctora dijo que hacía calor y me quité la chaqueta.

–¿Qué pasaría si el cuerpo no cambiara por fuera a lo largo del tiempo? –me preguntó–. ¿Qué pasaría si el desgaste fuera interno pero el envoltorio permaneciera igual desde que se dejara de crecer, por ejemplo?

Sonrió complacida por su propia pregunta, sin duda formulada cientos de veces con anterioridad.

En su respuesta habló de envejecimiento no satisfactorio, de la posibilidad de reparar el cuerpo como se repara un coche: corrigiendo regularmente los daños que se producen. Se trataba de poner en marcha las acciones de mantenimiento necesarias. Acciones eficaces. Eficaces como era ella, como lo eran sus pasos en el espacio que ocupaba. Luz Muñoz tenía un sitio en el mundo y se apropiaba de él sin contemplaciones.

La enfermedad no se elige, pero yo me comportaba como si hubiera tenido la culpa. Como si me hubiera estrellado aposta contra un muro, haciéndome polvo, dejándome para el desguace. Tras el diagnóstico me había quedado callada, privada por mí misma del derecho a decir lo que quería o lo que no

14

quería. Y, al dejar de expresarlo, al final terminé por no ser capaz de discernir lo que me pasaba. Tengo la sensación de haber dicho que sí a todo durante aquella época. No sé si como quien expía un pecado o como quien está dispuesto a lo que sea con tal de minimizar conflictos y evitar añadir dolor al dolor. Lo que sé es que no se trataba de complacer a nadie. Cuando la doctora dijo que hacía calor, realmente yo no hubiera sabido decir si yo lo tenía o no lo tenía.

Hablaba de la clínica en términos de prestaciones y lujo que dibujaban todo aquello como una especie de club privado, un lugar de recreo y disfrute donde cualquiera, si se le antojaba, podía ir a hacerse una radiografía con una copa en la mano. La imagen no solo no me disgustó, sino que la superpuse a la realidad con determinación. Es más, por un momento barajé la idea de escribir una novela de trama médica, sórdida y criminal, sí, pero ambientada en un lugar por todo lo alto, de estancias inmensas con escaleras de mármol, acabados dorados y palmeras junto a estatuas art déco. Suponía un alivio poder situar la enfermedad, como hace Agatha Christie con el crimen, en un contexto de *first class*. Mientras escribía aquellas líneas, yo, igual que Hércules Poirot, podría haber confesado que la concepción burguesa del asesinato –de la enfermedad– me ocasionaba placer, lo que supone un respiro, desde luego, cuando una siente que está acabada. El protagonista, cuyo punto de vista

15

asumiría, ingresaba en una clínica como cobaya, a cambio de comida, techo y una generosa mensualidad, y convivía mano a mano con un grupo de pacientes que, ellos sí, pagaban un dineral por su estancia y sus tratamientos. La situación del conejillo de Indias era espeluznante, sin embargo en su deterioro imparable aún era capaz de aludir a la consistencia quebradiza de los susurros que se oían en la sala de espera, y llegaba a compararlos con el roce de los vestidos de seda en un baile antiguo. ¡Vestidos de seda en un baile antiguo!

Hundida en la blandura de la moqueta y el olor a madera, escuchaba a la doctora. Como es sabido, las heridas de un animal se curan más fácilmente si se le acaricia la cabeza.

Qué fácil es dejar de hacer. Adormecerse.

Que me hubieran puesto una copa de lo que fuera en la mano, sí. Que mis átomos se hubieran fundido dulcemente con los átomos de cuero de la butaca mientras las hojas eran azotadas ahí fuera.

Sin embargo, la doctora dijo que yo no querría perder tiempo y pensé que era cierto. Habló por un teléfono interno con alguien y pidió una analítica. Enseguida llegó un enfermero con un carrito metálico. Me levantó sin contemplaciones la manga de la camisa, me apretó el brazo con una cinta de goma y me frotó la piel con algodón empapado en alcohol. El frío duro de la aguja se me clavó en la vena antes de que me diera tiempo a decir nada. Mantuve la vista fija en la pequeña bandeja con el kit habitual: jeringuillas, gasas y guantes, y mientras la sangre salía de mí para ir llenando los sucesivos tubos, oía hablar de citoquinas, inductores celulares y células madre mesenquimales, una mezcla biológica capaz de reparar y reconstituir células y tejidos dañados, una manera resolutiva de poner las cosas en su sitio.

Los días siguientes, cuando me quedaba trabada entre dos posibilidades a cual más boba, por ejemplo dudando entre darme un baño o tumbarme en la cama, y era incapaz de elegir una, recordaba la determinación con que la doctora Muñoz manejaba el mundo. No me servía para decidirme y podía pasar mucho tiempo en esa tierra de nadie, pero de algún modo me gustaba saber que cerca de mí, con música de jazz y madera en las paredes, la vida transcurría firme y decidida al ritmo de la voluntad de alguien.

2. MATERIA ENLAZADA

La sala de espera, en el primer piso, tenía un ambiente fresco con un ligero olor a frigorífico. Se llamaba o la llamábamos así porque era donde el personal de la clínica recogía a los huéspedes para conducirlos hacia la zona de tratamientos, pero en realidad en aquel lugar se desayunaba, se comía o se pasaba el tiempo sin más, se esperara o no una cita médica. En una larga mesa cubierta por un mantel blanco se ofrecía un bufé libre con todo tipo de bebidas frías y calientes, fruta, bollería, fiambres y alimentos precocinados, disponibles las veinticuatro horas del día. Todos apreciábamos la posibilidad de comer de manera informal y sin someternos a un horario estricto.

Lo que en su momento me hizo confortable ese espacio es lo que me provoca más rechazo ahora al recordarlo. No había una sola ventana y la luz artificial imitaba la luminosidad de un día eterno, un día congelado en un instante imposible sin nubes ni sol. Fuera podía ser de noche o podía ser de día, daba lo mismo. Como también daba igual si en el calendario era verano o era invierno. La temperatura estaba regulada y era la justa, de modo que, sin sentir ni frío ni calor, nos manteníamos en una especie de cómodo capullo. Un refugio que nos aislaba de las inclemencias de la vida. Todo estaba medido, pensado para evitarnos a los residentes la molestia, el desconcierto, de atender a los cambios del tiempo o al paso de las horas.

A Rubén lo conocí allí el primer día. Me abordó mientras yo dudaba, con un plato en la mano, si servirme salmón ahumado o un cruasán con mermelada. Él insistió en que probara los riñoncitos, buenísimos, dijo, y luego me llevó a su mesa para presentarme al que sería mi grupo.

Se me hace raro ahora llamarlo «mi grupo», y, sin embargo, sí, lo era. Basta que no tengas el suficiente interés en parar las cosas para que sucedan. Así pasé a formar parte de él desde ese primer momento, casi sin darme cuenta. Ocupábamos siempre el mismo lugar, en el extremo más alejado del bufé y de la puerta de entrada.

Me presentó a su mujer, Dolores, que era visiblemente más joven que él. Calculé que tendría mi edad o poco más, y su piel desprendía un perfume amargo de medicamentos que reconocí con asco. Tras el breve saludo que me dedicó, volvió al que solía ser su gesto habitual, la cabeza girada hacia un lado para mirar un punto indefinido allá donde no hubiera nadie.

Sentada junto al que luego supe que era su sobrino –el pelo blanco de ambos y sus rasgos parecidos me habían hecho pensar que eran hermanos–, estaba la señora Goosens, a quien le bastó un solo vistazo para encasillarme en uno de los dos grupos en los que ella dividía a la humanidad: el de los que no tenían importancia. Ella se sometía a tratamientos rejuvenecedores y el sobrino, Adolfo, que tenía una salud pésima, requería algunas intervenciones en los ojos porque estaba perdiendo la vista a toda velocidad. Junto a la fortaleza de la mandíbula de la tía, siempre alzada, el contorno del rostro del sobrino parecía blando, sensación que aumentaba además por el hecho de que casi siempre sostuviera a la altura de su boca un cuenco de caldo, de puré o de leche con cereales.

A primera vista, el cometido de Rubén parecía ser el de hacer la vida agradable a cuantos le rodeaban. Cada día entraba en la sala cediéndole el paso a Dolores, caminaba reverente tras ella con su chaqueta, camisa blanca abotonada hasta arriba, gemelos prietos, y al llegar a nuestro sitio le indicaba con la mano su lugar para que tomara asiento. A continuación, se dirigía al bufé y volvía con una bandeja surtida con las pocas cosas que ella podía digerir y, una vez que la tenía bien acomodada, se apresuraba a dedicarse a todo lo demás. Con ceremoniosa afabilidad servía agua de la jarra en el vaso de Felipe Carcasona, que tenía un brazo casi paralizado por distrofia muscular. Que se le licuaban los músculos, repetía con repugnancia, casi con desprecio, la señora Goosens cuando él no estaba delante, pero cuando sí estaba lo trataba con deferencia. Su actividad en el mundo de la banca y los intereses bursátiles le hacía entrar en el saco de los que sí importaban.

Sentado con la espalda muy recta, Felipe tenía unos párpados que el tiempo había desplomado y que le obligaban a subir las cejas cuando quería mirar algo, cosa que proporcionaba a su cara un eterno gesto de orgullo, probablemente falso. Es cierto que ninguno allí empleábamos el tiempo en hacer físicamente nada, pero a él parecían colgarle los brazos a los lados del cuerpo con una carga mayor de pasividad. La tensión y rapidez que debía de imponerle su trabajo quizás se nutriera de esos paréntesis en los que se destensaba, como un muelle que ha sido forzado al límite y requiere un período de ajuste. Sus movimientos lentos atraían a su lado a otra integrante del grupo, Leonor Murillo, que padecía artritis de rodilla pero ponía todo su empeño en mostrar una agilidad que no tenía, por lo que al estar junto a él se beneficiaba del contraste y se veía mucho más dinámica. Cuando Rubén estaba ocupado en otros asuntos, o simplemente no estaba, era ella la que se levantaba para traer o llevar lo necesario desde nuestro puesto hasta la otra punta del salón.

Basta que la idea de un «nosotros» se insinúe mínimamente para que la formación de un «los otros» surja con toda su potencia. Y es ese los otros que aparece de manera automática lo que refuerza a su vez el nosotros que lo creó en un principio. El caso es que, sin ninguna razón especial, ahí estábamos, retroalimentándonos como grupo cada vez que nos reuníamos en aquel rincón de la sala de espera. A veces se formaban otros pequeños corros, pero se disolvían enseguida. El resto de la gente, sentada sola o en parejas, desde el primer día pasó a ser para mí algo inaccesible, felizmente ajeno.

Íbamos y veníamos del extremo donde estaba el bufé a nuestro extremo satisfechos de controlar esa línea recta. Mirándolos desde lejos, mientras me servía un café, podía reconocer los movimientos de Leonor, la altivez de la señora Goosens o el no estar de Dolores como algo propio, y a medida que me acercaba a ellos me inundaba una confortable sensación de volver a casa.

A menudo comentábamos los percances insustanciales que nos sucedían en el recorrido de esos metros o en el perímetro de la mesa del bufé y siempre había consenso. Cuando alguien emitía una opinión, *ipso facto* esta era tomada como la opinión del grupo. Esa unanimidad nos englobaba como si lleváramos uniforme, y originaba algo de felicidad bruta en ese simple hecho de vestirse con los mismos colores.

Había dos asuntos que en teoría no se mencionaban nunca, pero de los que en la práctica se hablaba siempre: el dinero y la enfermedad. Su mención directa solía ser rodeada y aislada de inmediato con un cerco de silencio. Sin embargo, de qué se hablaba sino de dinero cuando se dejaban caer unos cuantos nombres de contactos supuestamente influyentes, Rubén y Felipe lo hacían todo el rato, o cuando se mencionaban experiencias en hoteles y restaurantes

22

exclusivos de cualquier parte del mundo, momento en el que Leonor, que ocupaba un cargo de dirección en una gran empresa relacionada con el sector turístico, cobraba un fugaz protagonismo.

Dónde se cocinaba el mejor pescado, los precios de tal o cuál mercado inmobiliario, las inversiones en el sector del vino. Eran como mercaderes desplegando sus telas llenas de brocados y piedras preciosas; acostumbrados a su peso y tamaño, las manejaban con soltura. Por lo que a mí respecta, en aquel entonces estaba encantada de escuchar cualquier relato de *Las mil y una noches,* aunque fueran los mismos ladrones de Alí Babá los que me contaran el cuento.

Sobre el otro asunto, que alguien estuviera visiblemente enfermo, o mostrara síntomas excesivos de deterioro, era casi una vergüenza, pues suponía la existencia de un lujo que no podía permitirse. Por eso se hablaba de enfermedad con cautela, evitando en principio el plano personal. Ninguno aludíamos a nada que pudiera sugerir que nos afectaba íntimamente. Las dolencias eran o bien algo abstracto o bien se ceñían a partes muy concretas de un cuerpo de nadie. Los órganos heridos, las intervenciones, los detalles del dolor eran siempre mencionados como piezas aisladas que no formaban parte de un ser humano. Esto producía una situación curiosa, pues si bien no se hacía ninguna referencia íntima ni emocional, la conversación se adentraba –a veces con un ímpetu siniestro– en una espiral que nos conducía hasta el fondo, que nos empujaba cada vez más piel adentro, víscera adentro.

–Se inyectan en el ojo, directamente en el ojo.

–Pero no, la anestesia es local. Lo oyes todo.

–El corte es limpio, desde luego.

Comíamos cada vez que no sabíamos qué otra cosa hacer, a cualquier hora del día. Entre aquella gente, mi malestar sin fuerzas quedaba herméticamente guardado dentro de mí, como por otra parte me imagino que quedaría el de ellos. En común poníamos el envoltorio.

–La bolsa de sangre es necesaria.

–La herida no supura.

–Son cuarenta y siete puntos.

A menudo, la señora Goosens –aunque cuando nos dirigíamos a ella lo hacíamos por su nombre de pila, Ana, en nuestras cabezas era siempre la señora Goosens– daba un trago a su vaso con tal ímpetu que el líquido se le derramaba por la barbilla. Entonces, como ofendida por el atrevimiento de la propia bebida, se secaba con el dorso de la mano en un gesto brusco y despectivo. La seguridad con que realizaba ese gesto tabernario hacía que pareciera hasta elegante.

Aquel primer día me esforcé en crear una barrera en mi plato con los cubiertos para evitar que la salsa amarronada de los riñoncitos, que Rubén me había servido a un lado, llegara a establecer contacto con el cruasán y el salmón ahumado.

–Una clínica en Pekín, veinte mil euros el tratamiento y aparte el viaje, el hotel.

–Se pueden sacar de la grasa abdominal o de la médula ósea.

24

—Mire mis venas, se escurren como culebras bajo la piel.

Miré. El antebrazo semitransparente que Leonor ponía delante de mis ojos parecía más bien todo él un reptil que se deslizara con los órganos a la vista.

Nacemos incrustados en unas circunstancias que actúan con nosotros igual que las leyes de la termodinámica con los objetos: a veces nos frenan y otras nos impulsan. Nacemos en el entramado de un sistema que se hace a base de empujones, un puzle vivo donde cada pieza modifica las de al lado y es modificada por ellas. La reacción a las piezas que nos rodean no es que sea voluntaria, es que es obligatoria, porque hasta la no reacción es ya una reacción. Vivir es negociar con tu entorno.

El placer de retirarse a una cumbre segura, según Lucrecio, es el de mirar abajo y ver allí a los demás competir entre sí, esforzarse día y noche por alcanzar el éxito o matarse por adueñarse del poder. ¿Me ocurrió a mí algo así por aquel entonces? ¿De algún modo se traducía en placer la comodidad que me proporcionaba el desinterés por todo? Podía ver a Rubén y a la señora Goosens midiéndose en ingenio o a Leonor Murillo desvivirse por parecer más joven o a Felipe Carcasona por parecer más rico. Y no me importaba nada. Disfrutaba de la tranquilidad de los muertos.

«No tengo miedo de competir. Es justamente lo contrario. ¿No lo comprendes? Me da miedo ver que acabaré compitiendo, eso es lo que me asusta», dice un personaje de Salinger. Lo que asquea es no tener el valor para no ser nadie. Qué ganas dan de replegarse hacia abajo cuando todos están dándose codazos para sacar la cabeza por arriba.

Las novelas están llenas tanto de arribistas y trepas como de personajes que no quieren negociar, que solo quieren que les dejen tranquilos.

Dice Ignatius Really en *La conjura de los necios:* «Quieres que compita.»

«No puedes pasarte la vida acostado», replica su madre.

El ir y venir de Rubén en la sala de espera era un movimiento de pieza eficaz y resultaba admirable observar en él esa habilidad. Se movía con desenvoltura entre las mesas, identificaba con facilidad puntos de interés para su negocio y se dirigía a ellos. Con una sonrisa, sin cansancio aparente. Llenaba su plato en una de las fuentes elegida no por su contenido, sino por su posición estratégica para saludar a algún residente que pudiera interesarle. Si sudas en el agua no se nota. Y todos se movían en esa pequeña y confortable red que era la clínica como peces en el mar.

En *El oficio de vivir* Pavese se llama tonto a sí mismo por haberse negado a aprender de joven las reglas del juego social y haberse perdido en busca de quimeras. Se lamenta y se llama estúpido porque al fin las quimeras desaparecen y el juego lo tritura. ¿Fui yo así entonces?

La enfermedad había hecho posible que me concibiera al margen del sistema, había reafirmado en mí el rechazo al estado del mundo y el deseo de ir por libre. Encoger mi pieza de tal modo que ni siquiera rozara los otros bordes, no entrar en el juego. Frente a la ansiedad de medrar, la tranquilidad de la piedra, que no tiene que desarrollarse ni tampoco que echarse a perder. Desde esa tranquilidad creí contemplarles, pero el caso es que también yo estaba allí, sin darme cuenta había llegado, y el sistema me recibía, encarnado en ese grupo, con los brazos abiertos.

¿Cómo encaja una en el mundo?

Una encaja como puede.

Los riñoncitos en mi plato fueron puestos allí por deseo ajeno, y sin embargo no fueron puestos a la fuerza.

3. LOS PRINCIPIOS EN MOVIMIENTO

De todas las preguntas que me hago sobre mi estancia en la clínica, la más desconcertante y a la que le doy más vueltas es por qué llegué allí. Y sin embargo tal vez es la que tiene la respuesta más simple.

Estaba débil. Me sentía agotada. Había perdido tanta masa muscular que era incapaz de dar un salto pequeño. Me quedaba sin aliento cuando al hablar construía una frase demasiado larga. ¿Quería recuperarme? Sí. Pero tras la cirugía y la quimioterapia solo quedaba esperar. Esperar qué. ¿Acaso nos despertamos cada mañana con la esperanza de llegar vivos a la noche? No, yo entonces tampoco vivía así.

Ya sé que todo se mueve y no hay más misterio, pero aun así me pregunto por qué me moví precisamente en esa dirección. Lo que es obvio que no se puede explicar no plantea problemas, es así y punto. Es aquello que parece susceptible de ser analizado lo que me atrae. Saber, por ejemplo, qué me separa de aquella que entró en la clínica, más allá de los años que han pasado. Ahí hay distancias que medir. Un trabajo analítico que hacer.

Con el tiempo he llegado a la conclusión de que dos cosas merecen la pena en este mundo: el impulso creativo y el amor, si es que no son la misma. Modelar, inventar, llevar a cabo un plan, esa intencionalidad de crear. Ambas requieren una fuerza que no procede de la voluntad, una fuerza que no se construye con empeño intelectual porque es algo material, que sale del cuerpo, que se produce en el cuerpo. Será el aire oxigenando las células, los fotones atravesando la piel, el empuje de los músculos, yo qué sé. Solo sé que a veces el peor enemigo no es el dolor, sino el cansancio.

Para tener intención hay que tener energía, y si algo no tenía yo entonces era eso. Intento recuperar mis sentimientos cuando deshago la maleta al llegar a la clínica –hotel, residencia, sanatorio, ¿cómo llamarlo?– y me cuesta encontrar alguno. Quizás la satisfacción un poco abotargada de quien no registra ninguna necesidad.

Hasta para necesitar algo hay que tener fuerza.

La carne será débil, pero es el espíritu el primero que se va por el desagüe en cuanto el cuerpo enferma, se escurre como un hilillo exiguo. He dicho que yo no registraba ninguna necesidad, pero la tenía. Tenía urgencia de un suelo seguro, de algo que me sostuviera. Un lugar donde morir a gusto. Entré allí como un ratón que se mete en un nido de víboras para estar caliente.

A primera vista, la clínica tenía más de hotel que de hospital. Aunque combinara ambas cosas en el mismo edificio, la parte médica se llevaba a cabo en el sótano. Así, el reflejo metálico de las máquinas y los acabados blancos de paredes y suelos, con su brillo aséptico, se ocultaban a la vista bajo las coloridas alfombras de la planta principal, y el laberinto de boxes numerados quedaba bajo los pies que transitaban las salas amplias y diáfanas de los pisos superiores.

El vestíbulo tenía un mostrador de recepción como el de cualquier hotel y una cafetería. No olía a hospital, de hecho no olía a nada.

Mi habitación disponía de una zona de estar con un par de butacas y una mesa, desde allí, una puerta corredera conducía al dormitorio y al cuarto de baño. Las ventanas daban al jardín. El sol entraba por las mañanas y todavía por las tardes el espacio que había ocupado conservaba algo de la calidez recibida. Al oscurecer, en lugar de las bombillas del techo, yo prefería encender varias lámparas pequeñas distribuidas en diferentes puntos de la estancia, que iluminaban con más suavidad las cortinas rojas, como membranas, y así todo resultaba cálido como un órgano interno. Entonces pensaba que aquella opción, surgida de forma inesperada o buscada a ciegas –porque no se sabe nunca lo que puede desearse bajo cuerda–, podía ser lo que siempre había querido.

Todos nos construimos alrededor, apenas sin darnos cuenta, un yo hecho de cosas, de objetos que, como prótesis, nos sostienen, nos refuerzan, nos constituyen. Somos también eso, esa especie de yo expandido, disperso en los metros adyacentes. Cuando alguien muere y se retira su cuerpo, eso es lo que nos queda de él, y mirarlo produce extrañeza, porque conserva la misma contundencia vital que antes, al menos durante los primeros días; luego, aunque más lentamente, las cosas acaban también muriendo.

La capacidad que tienen los hoteles para deshacer ese entorno de identidad es lo que los hace atractivos, porque esa envoltura cotidiana, igual que te protege, puede asfixiarte. En su lugar aparece la excitación de volver a construir el yo extendido, necesariamente diferente porque diferente es el espacio. Acercar una butaca a la ventana, mover la cama contra la pared, cambiar el sentido de un escritorio, una fotografía en la mesilla. Precisamente todo eso que yo no hice.

Me había llevado un equipaje mínimo, lo funcional imprescindible. En aquel momento a mí no me conformaba nada o yo no era capaz de verlo. De hecho, soñaba continuamente con maletas en las que no sabía qué meter. Acepté tal como estaban las cosas entre aquellas paredes que no me reflejaban pero que tampoco me provocaban ningún rechazo. A menudo, después de un baño, me envolvía en el albornoz de al-

godón blanco con el logotipo de la clínica y me sentaba a mirar por la ventana junto al jarrón con las flores
que alguien cambiaba de vez en cuando, una taza humeante en mi mano, me daba igual de lo que fuera.
Era la imagen en sí misma, al ajustarse a los paráme-
tros del placer establecidos, lo que me producía una
satisfacción mental agradable. Con eso me bastaba.

Muchas veces uno no sabe qué quiere. Por suerte,
es mucho más fácil saber lo que no se quiere y entonces se avanza, inevitablemente, aunque sea a ciegas.
No ir por ciertos caminos te lleva sin darte cuenta a
crear uno propio. En otras ocasiones ni siquiera eso se
sabe. Yo no llegué a ese lugar después de duras nego-
ciaciones conmigo misma ni tampoco impelida por un
deseo irrefrenable. No lo hice para lograr ningún fin
determinado. No me interesaba ese nuevo tratamiento
experimental con células madre que podría volver a
poner mi cuerpo a punto después de los estragos de la
enfermedad.
No iba a cuidarme.
No sé si iba a morir.
El impulso venía de otra parte, algo así como un
manotazo de la vida en mi espalda. La dirección que
me imprimiera ese empuje me era ajena. Mi ir allí fue
una especie de pasividad. Dejarme llevar por una serie de casualidades y decisiones de otros, el correo
animoso de la doctora Muñoz, el momento oportu-
no, el acuerdo ventajoso. Me había quedado detenida
en una calle de movimiento frenético, y si ese algo

que me empujó formaba parte de mí misma, lo desconozco. Salir corriendo y que esa carrera no sea solo una consecuencia, que esa carrera sea yo. Beber hasta perder la memoria, el volantazo en línea recta, caminar por el borde del acantilado. Acciones sin conciencia. La experiencia sin más. En el balance de pérdidas y ganancias puedo ajustar las cuentas. También es posible que simplemente me cansara y que lo único que buscara fuera calma. Un suelo de piedra firme. No tener miedo y sí tener comida. A veces es tan sencillo de entender, otras no sé lo que estoy diciendo.

Tardé demasiado tiempo en darme cuenta de que el suelo más firme puede ser también el más estéril, y que daba lo mismo lo poco o mucho que quedara de mi espíritu porque su textura recia era impermeable a cualquier goteo. Una base endurecida que ni siquiera era firme, además. Una losa mal nivelada que se balanceaba inestable, al borde de un precipicio que ninguno queríamos mirar.

Recuerdo los primeros días, cuando salía al pasillo dispuesta a sentirme una célula más que discurre junto a las otras células en la corriente sanguínea contenida por las paredes de las venas. Y de pronto me veo escuchando tras la puerta de mi habitación el sonido del ascensor y las voces que se alejan, para salir solo después de que se hayan ido. De pronto es el contacto con el mundo rozándome como ropa sobre la piel quemada.

Hay cosas que no me explico.

Si todos allí éramos puertas cerradas para los otros, y a cada uno de nosotros parecía darle igual lo que había o lo que hubiera habido tras las otras puertas; si a nadie le importaba yo y yo tampoco quería intimidad con nadie, si esto es cierto y era así, ¿por qué esa facilidad para contagiarnos malestares y miedos? Tal vez todo sucedió en realidad a un nivel tan superficial como el barniz de la puerta. No hubo necesidad ni de abrirla. ¿Se desarrolló todo en esa superficie lacada?

Los átomos caen en línea recta, dice Lucrecio, pero hay un momento indeterminado y un indeterminado lugar donde se desvían un poco, poquísimo, lo suficiente para que no caigan todos hacia abajo como gotas de lluvia y se produzcan choques y roces entre ellos. Es lo que llama «la declinación de los principios», necesaria para que se formen los objetos. De que yo había chocado no cabía duda, pero ¿hacia dónde había declinado, y con qué otras desviaciones me topé en el camino? ¿Qué artefacto construimos sin querer en nuestra caída? ¿Es la mano que se extiende para agarrarse a algo un principio en movimiento? Lo que pretendo es entender mi declinación y la de los que chocaron conmigo.

La gente muere varias veces antes de morirse, y me produce perplejidad la manera inagotable que tiene la vida de sucederse. A un yo le sucede otro, y cuando crees que todo ha terminado, algo comienza inesperadamente en otro sitio. Los cuerpos que abandonan una cosa disminuyen la que dejan, pero aumentan aquella a la que se adhieren, y así siempre. Mientras dure, esto nunca se acaba. Esa corriente del río que conducía a Gatsby hacia atrás me empuja a mí hacia delante, y no es que sea bueno ni malo, es que es inevitable.

4. MATERIA AGITADA

Recuerdo aquel período a fragmentos, a trozos, y puedo recuperar escenas idénticas que pertenecen a momentos diferentes. No tengo sensación de desarrollo ni de avance en ningún sentido. A excepción de los últimos días, no hubo nada que empezara y no terminaba nada. Y me pregunto: ese estancamiento, cuando sin embargo el reloj no se detiene, ¿qué provoca? ¿Origina algo?

Nos mecíamos todos en una especie de salsa temporal que nos movía en un vaivén, con un ritmo uniforme, llevándonos y trayéndonos, atrás y adelante, un día y otro.

El tiempo se espesa, y en una vuelta de ese balanceo deambulo por la parte más alejada del jardín, donde no hay nadie. Al cabo de un rato, veo acercarse a Rubén, que no me mira hasta que le tengo prácticamente encima, y entonces se hace el encontradizo e inicia una charla insustancial. Hablamos de pie, detenidos uno enfrente de otro, bajo el sol. Me pregunto si no tendrá calor con la americana puesta, si no le resultan incómodos esos zapatos de vestir. Más de una vez intento insinuar con un gesto que nos pongamos en marcha, pero los pies de él están bien clavados en el suelo. No tiene ninguna intención de moverse. Esa actitud responde a un cálculo, el jardín no es lo suficientemente grande para que le dé tiempo a decir todo lo que quiere antes de llegar a algún punto donde puedan interrumpirnos. Lo que intercambiamos son datos banales, hasta que se anima a introducir el asunto que le interesa: Dolores.

Hablaba de ella como si fuera un artefacto que él tuviera, naturalmente, el trabajo de manejar, y su ejercicio de humildad era reconocer que, tal vez, no supiera llevar a cabo su deber todo lo bien que sería deseable. Pronto empezó a quedar claro que el artefacto —caro y muy querido— era de por sí bastante complicado, casi fastidiosamente complicado, exigente incluso y de cuidados difíciles. Tenía un tipo de cáncer que habían conseguido, si no curar, al menos hacer crónico. Se puso solemne al afirmar esto y dejó un espacio de silencio detrás de la frase, quizás por si yo quería introducir alguna observación, o a lo mejor porque a él mismo no se le ocurría cómo continuar.

Nos quedamos callados.

Mis pies y mi cuerpo estaban girados en dirección al edificio, paralizados en el gesto de echar a andar, mientras él había arrancado una hoja de un arbusto y la frotaba entre sus dedos. Cuando en la hoja apareció un círculo transparente y luego se hizo un agujero, la espachurró y volvió a adoptar un tono desenfadado para referirse a una anécdota de la que solo recuerdo la frase final: «No sabía qué hacer, si dejarla allí empapada o meterla en un taxi.» Se reía. El objeto directo que tenía que ser dejado allí o metido en un coche era Dolores.

Tras las risas, volvieron las quejas veladas. En realidad era una mujer muy enigmática; muy rara, de hecho, y en consecuencia a menudo a él le resultaba difícil saber por dónde andaba. Los objetos, inconscientes como son, no saben el daño que pueden infligir. Su mujer no podía tener ni idea del sufrimiento que era capaz de ocasionar en una persona, o sea, en él.

Me costaba reconocer en aquel ser titubeante, que farfullaba incoherencias frente a mí, a aquel otro que se movía con tanta seguridad entre las mesas. Creo que mi cara todo el tiempo que duró aquel pequeño monólogo permaneció impasible en una mueca de sonrisa absurda. No podía prever, desde luego, lo que Rubén pretendía, y simplemente me pareció que lo que tenía delante era un señor que trataba a su mujer con la misma deferencia forzada con la que trataba al mundo. Para él, ambos suponían una fuente dolorosa de desconfianza que estaba obligado a manejar. Aquella charla conmigo, aunque a mí pudiera sorprenderme, desde su punto de vista respondía a algo tan sencillo como el mecanismo de una cerradura. Yo podía hacer el papel de una buena llave.

También sé que me habló con esa libertad porque

me veía inofensiva, y además me miraba con condescendencia, porque en su momento me había preguntado en qué trabajaba y mi respuesta le había decepcionado.

Aproveché un momento de risas para dar un paso adelante y que comenzáramos a caminar, pero él se mantuvo firme en su posición. Al volverme y confirmar que no me seguía, pude haber continuado caminando, pude haberme alejado mientras él hablaba, haberle dejado allí sin más, haberle interrumpido, haber cambiado de tema. Son tantas las cosas que podría haber hecho y no hice. Me quedé detenida ahora un poco más lejos, y a esa distancia incómoda la conversación por fin pareció alcanzar su propósito. En definitiva, lo que quería pedirme es que vigilara a su mujer, que hablara con ella, que le preguntara, en fin, un poco de todo para ver «en qué andaba». Por supuesto no utilizó en ningún momento el verbo «espiar». Usó eufemismos y un tono guasón que situaba todo el asunto en un lugar aceptable, casi divertido. A la vacilación del primer momento se sobrepuso un talante de seguridad y desenfado. Era la actitud de quien está acostumbrado a mandar, de quien impone el tono, y en este caso había impuesto la irrelevancia y el chiste. Mi silencio le dejaba hacer, y a cada segundo de silencio aumentaba el vínculo indeseado entre nosotros.

—Si la invitas a algún sitio, yo corro con todos los gastos —dijo llevándose la mano a la cartera.

Instintivamente di otro paso para alejarme y ya la distancia fue demasiada como para seguir hablando sin tener que subir la voz. Al fin, él avanzó para acercarse y aproveché para ponerme a andar yo también. De este modo llegamos juntos a la entrada del edificio, donde nos encontramos con la señora Goosens y su sobrino, que, por enésima vez, aclaraban su parentesco y sus edades ante un desconocido que exageraba su sorpresa al ver que eso halagaba a su interlocutora. El dinero de la tía –el de su marido, el que la había convertido en la hermana rica– costeaba no solo las estancias periódicas en la clínica, sino aquellas confusiones. Todos los años que le caían encima a Adolfo se le quitaban a ella. En consecuencia, su sobrino resultaba ser su accesorio más valioso y favorecedor. Casi sin detenerse, Rubén farfulló que hacía un día buenísimo para estar afuera y entró precipitadamente. Esa agitación desorientada dejó de pronto al aire el miedo que le movía. Y la vergüenza que le daba.

Dicen que en el estreno en México de la película *Él,* de Luis Buñuel, el público se partía de risa. Me pregunto qué era lo que les divertía. La chica recién casada está feliz con su marido, pero él, presa de celos, la controla y la odia, la vigila y la desprecia, le molesta que se arregle y que no se arregle. La reacción de la chica no es precisamente de entusiasmo, por lo que él encuentra un nuevo motivo de queja, este sí basado en la realidad: ha dejado de ser dulce, ahora es arisca. En este punto coincidirán todos, la madre, el cura, la amiga, el doctor. Todos le aconsejan a ella que sea más dulce, las cosas serían de otra manera si ella fuera más dulce.

Pero es difícil manejar la fragilidad. Te pones unos guantes para no dañar un jarrón y resulta que es justo eso lo que hace que resbale entre las manos. Hay una escena en la que la mujer le pide a un amigo que detenga el coche una esquina antes de llegar a su portal para evitar el sufrimiento que podría provocar en su marido, pero resulta que casualmente el marido pasa por allí y la ve bajar del vehículo a una manzana de la casa, y es esa circunstancia la que se interpreta como prueba irrebatible de que algo esconde. A raíz de eso, la tortura con insinuaciones veladas, trampas ocultas, después un silencio agrio que lo contamina todo. Lejos de construirse nada, se mina lo poco que hubiera entre ellos, y al final el vacío siempre sale a flote.

Cuando es imposible que el matrimonio no se rompa, ella es capaz de gritarle por primera vez: «Lo que me has hecho sufrir.» Él, ensimismado en su propio sufrimiento, de pronto no entiende esas palabras. «Cómo puedes hablarme así», dice, perplejo, como si él solo la hubiera... ¡querido! Me fascina esa incapacidad de ver otra cosa más allá de sí mismo. Esa ofuscación para interpretar todo lo que provenga de ella únicamente en relación con él, como si la mujer no tuviera consistencia por sí misma, como si no alcanzara apenas el nivel de lo real, de lo humano, como si fuera un apéndice, un remedo de identidad difusa puesta en el mundo para agradarle o desagradarle. Me fascina ese estupor ante la agitación de una materia que se concibe solo como pasiva. Le cuesta creer que las partículas temblorosas que siente en su interior las albergue también el cuerpo de ella.

Sospecho que el público del estreno se reiría cuando se mostraba el pánico del protagonista. Harían su risa ostensible para distanciarse de él. Necesitaban marcar diferencias, tan cerca debían de sentir los mismos fantasmas. No sé si las espectadoras se reirían también. Si lo hicieron estaban cumpliendo con su obligación –la sonrisa perpetua de las mujeres–, reafirmando la seguridad de los hombres.

¿Temblaba Rubén de miedo como el protagonista? ¿Era sumisa Dolores como la esposa? ¿Le aconsejábamos dulzura a ella el resto del grupo? No a todo. Y algo de sí, sin embargo. Las cosas a nuestro alrededor no tenían la fuerza y la nitidez del primer círculo que la piedra origina en el agua, pero sí el rastro de su empuje. No se trataba solo del recuerdo de una agitación, era una agitación todavía. Rubén solo podía interpretar la mirada de Dolores perdida en un punto indefinido de una manera, y era en su contra. Quizás por eso utilizó conmigo aquel tono de broma. Se burló igual que se habían burlado los espectadores en el cine, para hacer ver que todo aquello era ridículo y no quedar expuesto.

Desde luego no me convertí en la espía que él hubiera querido, pero el caso es que estaba allí y no podía irme muy lejos. Por otra parte, bastó que me señalara aquella herida para que yo no pudiera ya dejar de mirarla. Dolores y él nunca hablaban entre ellos cuando se encontraban formando parte del grupo, solían mantener conversaciones con nosotros cada uno por su cuenta. Nunca les vi un signo de complicidad y simplemente eran corteses el uno con el otro. Parecían regirse por un protocolo de discreción pasmosa de cara al público, un protocolo tan férreo que debía de ser difícil que no siguiera vigente cuando se encontraban a solas.

5. LOS DESÓRDENES DEL CHOQUE

Si me preguntan qué hacíamos durante todo el día, no sabría muy bien qué contestar. Me doy cuenta ahora de que no había prensa en papel. Tampoco era frecuente ver a nadie con un libro. A veces alguien consultaba algo en su móvil. Obviamente el acceso a internet no estaba prohibido, pero se aconsejaba a los huéspedes no seguir la actualidad de las noticias y cancelar temporalmente las redes sociales.

Los del grupo seguíamos algunas rutinas conjuntas, unas rutinas que, tras el primer día, ya parecían haber estado cumpliéndose desde siempre. Coincidíamos por la mañana en la sala de espera, sin hacer de ello una obligación. Cada uno se incorporaba cuando quería y luego se retiraba, sin estar sujeto a horarios ni a tiempos ni a presión alguna por parte del resto o del personal de la clínica. Por las tardes merendábamos en la piscina, nuestras tumbonas dispuestas en semicírculo en un lateral cerca del agua, bajo tres magnolios. La cafetería del vestíbulo, con sus ventanas que daban a la calle siempre ocultas tras las cortinas corridas, se reservaba para el anochecer, aunque allí el grupo se reducía, pues ni la señora Goosens ni Felipe solían frecuentarla. Ella prefería sentarse en la terraza del jardín y él paseaba despacio, sin rumbo, en torno al mostrador de recepción, y luego se perdía de vista por el pasillo. Todo eso daba sensación de libertad, de olas que rompen en diferentes tiempos y lugares pero siguen la armonía de la marea. Era reconfortante, a mí me parecía recibir del lugar justo lo que necesitaba: que me protegiera y al mismo tiempo que me dejara hacer lo que me diera la gana.

Las revisiones, los tratamientos médicos y sobre todo el reposo en la habitación se llevaban buena parte del tiempo. De vez en cuando nos sometían a radiografías, ecografías, resonancias, inyecciones o extracciones. Desnúdese (de cintura para arriba, de cintura para abajo, por completo), póngase aquí (sobre la camilla, frente a la placa, en el taburete), extienda el brazo (apriete el puño, ahí va el pinchazo, abra la mano).

Esto tenía lugar en los sótanos -1 y -2, donde estaban los boxes de tratamientos, las salas de pruebas y el quirófano. En esas plantas el aire era más denso, como si tuviera una composición química diferente. A veces, al entrar en alguna de las habitaciones, podía olerse el sufrimiento que dejaba tras de sí el paciente que acababa de abandonarla. Esa desconexión entre los sótanos y las plantas superiores tenía algo de hipócrita que resultaba violento. En los pisos de arriba ocultábamos los moratones que se nos formaban abajo.

Sobre todo me tomaban muestras de tejidos y de sangre. También me realizaban transfusiones y me administraban alguna pastilla. Al caminar por el pasillo del sótano -1 se me iba la vista al box número siete porque allí es donde solía estar la señora Goosens, envuelta en una especie de lienzos húmedos, sus largos dedos sosteniendo un vaso humeante de oxígeno líquido. Si yo estaba en el número ocho podía verlo a través de la parte superior de la puerta, que era de cristal. Siempre había personal a su alrededor, pendientes de lo que pudiera necesitar. Se los tenía ganados gracias a un tráfico continuo de pequeños objetos o de billetes que salían como sin querer de su bolso para ir a parar a otro bolsillo. Al pobre Adolfo me lo crucé alguna vez cuando pasaba a buscarla tras alguna sesión en la que habrían hurgado en su ojo enfermo. Ella, resucitada, esplendorosa, le guiaba en su vuelta al mundo. Él, cabizbajo, dolorido, arrastraba los pies y se agarraba a su brazo.

En mi caso se trataba básicamente de recuperar fuerzas, ya lo había dicho la doctora. Pero yo no noté ningún cambio, continuaba con la insoportable torpeza de los dedos por la mañana, que ocasionaba invariablemente que un día tras otro al menos una cosa se me cayera de las manos, ya fuera el peine, el cepillo

46

de dientes, un bote de crema. Esos dedos de trapo me sacaban de quicio y me agachaba para recoger lo que fuera que se hubiera caído con la misma cantidad de rabia que de resignación. Agachaba la cabeza ante el destino y apretaba los dientes.

Los lapsus de memoria, los calambres musculares y la fatiga general tampoco desaparecieron. En muchas ocasiones estaba tan cansada que no me levantaba de la cama. El mundo de la clínica discurría al margen de mí, y aunque envidiaba la energía de los otros, no me importaba sentirme fuera. De los momentos más duros de la enfermedad me había quedado algo parecido a la dulzura de rendirse.

Otras veces sí me importaba porque me parecía oír con claridad los reproches que llegaban del exterior, echándome en cara todas las cosas que no estaba haciendo, mi falta de producción, la idea de que la enfermedad era mi pereza.

Hacía poco que había releído la novela de Kafka *El proceso,* leyendo «enfermedad» allí donde decía «proceso». El protagonista se ve de pronto inmerso en un juicio sin saber de qué se le acusa y sin posibilidad de defenderse. Cuando el sacerdote le grita «¿es que estás ciego?», realmente me sentía interpelada. Quedaba claro que el mismo procedimiento se iba convirtiendo en sentencia y el personaje renunciaba a hacer nada. Llegados a un determinado punto, a mí también me parecía lo más sensato. La enfermedad, como el proceso, te cambia la vida pero te obliga a seguir igual, como si no pasara nada. Te paraliza pero al mismo tiempo no te saca del flujo que te rodea. Usted está detenido –o enfermo–, cierto, pero eso no le impide cumplir con sus obligaciones. Debe seguir su vida normal. Es la parte más cruel.

«Arriba, hombre débil.»

De este modo me sentía culpable e intentaba justificarme ante mí misma, pero en general el esfuerzo me agotaba antes de redimirme y volvía a mi no hacer nada como si ese lapsus de contrición no hubiera existido, hasta que llegaba el siguiente.

Camino detrás de un enfermero por el sótano -2. Los fluorescentes del techo forman bloques de luz y de sombra que caen sucesivamente sobre su uniforme blanco. Me parece estar en el escenario de una película del Doctor Mabuse. En una habitación en penumbra, una enfermera me pega varios cables por el pecho y comienza a pasar un aparato untado en gel por diferentes lugares. Mantiene la vista fija en una pantalla que yo no alcanzo a ver.

De pronto se oye.

Es un ritmo vivo, bailable, feliz. Es el sonido de mi corazón. Pienso esto y me viene a la cabeza el eco de una canción lejanísima con ese título, que trae detrás un cúmulo de impresiones que no puedo precisar y que desaparecen enseguida engullidas por toneladas de vacío. He perdido el hilo de ese recuerdo y vuelvo a prestar atención a lo que se oye. Es el tempo de mi cuerpo. Me imagino ese latido utilizado como base para una mezcla de música disco.

De pronto el sonido queda en segundo plano y la

imagen que se impone en mi cerebro es el movimiento que lo provoca.

El mecanismo.

Hay algo que se mueve, y de la misma manera que está en marcha, puede detenerse.

La enfermera arrastra el dispositivo a otro lugar y allí lo aprieta con fuerza, girándolo como un tornillo contra el espacio entre dos costillas. El hueso, presionado, produce un dolor intenso.

Cuando vuelve a oírse el latido, tiene otro registro. Es una nota más alta y ya no es un golpe seco. Ahora se trata de un sonido líquido. El golpetazo de la sangre siendo enviada en una u otra dirección. Me reconozco como ecosistema líquido, la vida dentro de mí se alimenta con agua. Y pienso: si cierro los ojos, si me tapo los oídos, si no huelo nada ni toco nada. Si no recuerdo, si no anticipo... ¿Quién soy? ¿Qué soy?

Algunas mañanas repasaba fugazmente mi vida actual y me convencía de las ventajas de haberme recluido allí. Incluso en los días de calor las habitaciones eran frescas y todos nos congratulábamos por ello. Estábamos a salvo del verano, en nuestra cápsula de silencio.

En la oscuridad de la máquina de escáner me preguntaba si era feliz. Mientras sujetaba un dispositivo con un botón que, en caso de angustia o cualquier otro problema, podía presionar para ser sacada de allí de inmediato, me contestaba que sí. Aquel botón daba seguridad. Saber que puedes abandonar cuando quieras proporciona fuerza para seguir. ¿No era eso lo que yo había buscado en definitiva para mi vida, un botón de emergencia, un dispositivo on/off que solo yo pudiera manejar para decir basta? Cuando busqué en internet maneras de suicidarse, el botón off se volvió bastante más complicado y sobre todo mucho más sórdido. En mi cabeza la idea era limpia, efectiva, feliz. A medida que me adentraba en la información, las imágenes se concretaban y todo se volvía desagradable hasta revolverme el estómago. Allí donde antes había un espacio en blanco, aceptable, sobrio, incluso agradable, ahora aparecía una tienda de campaña hermética y un dispensador de monóxido de carbono ultraconcentrado. Y a la idea de poder poner fin a tu vida en medio de la naturaleza se imponía la visión insoportable de un guardia forestal descolgando un cadáver tras otro en la «zona de suicidio» de un parque japonés. No había manera de llevar la idea de la muerte abstracta a la realidad concreta con la limpieza y la naturalidad con que podía concebirse.

Una de las cosas que veo ahora más claras era mi voluntad de diferenciarme del resto de las personas que conformaban el grupo de habituales. Quizás yo no quería ser como la señora Goosens, como Rubén, como Felipe, pero, lo quisiera o no, era una más. Mientras estuve allí me sometí a una especie de voluntad ajena que manejaba las distancias entre nosotros sin término medio, o me dejaba al margen o me disolvía en ellos. Era algo que venía dado y yo no tenía poder para controlar. Iba a la deriva del deseo de los demás y la mayor parte del tiempo que estuve allí no me importó. Tal vez ese era el precio que había que pagar por la seguridad. No lo sé. Sé que dolía llegar a la sala y que no hubieran previsto un hueco para mí. Quizás por eso aceptaba los riñoncitos en el plato, aunque no me gustaran.

Una tarde que estábamos en la cafetería, de pronto me sentí languidecer, me tronché, como un tallo podrido, como si por dentro me hubiera vuelto de un gris parduzco.

No me atreví a decir nada. En ningún momento pensé en levantarme e irme. Asumí esa tristeza como el estado normal de mi vida a partir de entonces, y ahora me pregunto qué me llevó a hacerlo. Y no lo sé.

¿Qué habría pasado si aquel día me hubiera dirigido al grupo y les hubiera contado lo que me pasaba? A lo mejor Adolfo, al que animaba la ausencia de su tía, se habría sincerado conmigo y se habría dado a conocer. O tal vez alguno me habría dicho «pues vete». Pero yo no podía irme, si estaba enferma, si no tenía adónde ir. Me callé. Alguien sacó un tablero de ajedrez. La visión del tablero de madera bajo un foco de luz amarilla y las piezas que poco a poco ocupaban sus escaques me dio ganas de llorar. Leonor solo hablaba de cosas concretas y que le atañían directamente. Me preguntó cómo había aprendido a jugar al ajedrez para luego escucharme distraída. Sorbía y removía con una pajita su batido de chocolate, dejando patente su de-

51

sinterés por mi respuesta. Cuando volvió a prestarme atención fue para reconducir la conversación hacia sí misma, enumerando cada uno de los diferentes materiales de los que estaban hechos los juegos de ajedrez que componían su valiosa colección. Ni siquiera empezamos la partida, tuvimos que devolver las piezas a su caja porque faltaban demasiadas.

6. MOLÉCULAS EXTRAÑAS

Todos parecíamos compartir la ilusión de estar allí por voluntad propia, como si no hubiera sido una enfermedad, o un terror impuesto, lo que nos había conducido a aquel lugar, sino nuestra libertad para elegir. Todos teníamos zonas de información que preferíamos mantener a oscuras incluso para nosotros mismos.

En teoría la clínica ni facilitaba ni impedía ningún tipo de actividad, pero nosotros deambulábamos de un lado a otro sin fijar nunca la atención en nada. El tiempo se nos iba en la charla intrascendente que rebotaba en bucle contra las mismas cuatro paredes. Las palabras utilizadas, los nombres mencionados, las frases que construíamos venían a ser de este modo la reverberación de palabras, de nombres ya utilizados, de frases ya construidas y que volveríamos a lanzar al aire a la mañana siguiente. Cada día el eco de un eco anterior salía de los labios de alguien para volver a entrar por sus oídos días después y volver a salir y así continuamente. Los estados de ánimo eran cíclicos y repetitivos, hoy me encuentro bien, hoy estoy flojo. La mirada puesta en alguna circunstancia que nunca llegaría, cuando alcancemos el valor óptimo, cuando solucionemos el tema, nos servía para mantener la ilusión de ir hacia algún sitio. Tejíamos una red de lugares comunes casi sin conciencia, tanto que podría decirse que se tejía sola. Que nos sentáramos en una zona o en otra de la clínica, que cambiáramos el orden entre nosotros y variara la compañía a derecha o izquierda, no marcaba ninguna diferencia. Ninguno hacía ningún esfuerzo por romper la abulia, y la clínica propiciaba de hecho un estado de ser latente, de *stand-by,* tal vez con la idea de que metidos en la urna de lo insustancial evitaríamos el desgaste de vivir.

Veía la escena desde mi ventana. Dolores aparecía por el jardín acompañada de una enfermera. Acababa de recibir una sesión de quimioterapia y se la veía encorvada, en los huesos, amarilla. Su melena negra partida en dos le caía a ambos lados del rostro. Se sentaba en un banco de piedra y yo, mirándola, podía sentir la flojedad de sus miembros, la columna vencida. Rubén aparecía después, cuando hacía un rato que la enfermera la había dejado sola y un empleado ponía frente a ella una mesa plegable con algún refresco y algo de picar. Desde mi ventana le veía comer los cacahuetes o lo que quiera que fuera a puñados ansiosos, hasta que se iba al otro lado del jardín, donde se jugaba una partida de cartas en la que no participaba más que como espectador. Al salir él de escena, mi atención volvía a Dolores, que subía la cabeza y me miraba. Yo alzaba la mano para saludarla, respiraba el perfume del cóctel químico y sentía el intenso sabor metálico en el paladar.

Yo era como una nebulosa repartida entre los que me rodeaban. Si había alguien a mi lado me resultaba difícil centrarme en mí e identificar mis deseos. Todos los cúmulos de moléculas que me constituían parecían alejarse de mi centro para adherirse a la persona más cercana. Pero como al mismo tiempo no era capaz tampoco de identificar sus deseos a ciencia cierta, la sensación final era de una lejanía triste, a veces más parecida a la rendición, siempre frustrante. No era yo. Pero tampoco era lo que los otros querían que fuera. Cómo explicármelo, yo estaba distribuida por las cosas entonces. Más que un núcleo dentro del perímetro de mi cuerpo, más que un cúmulo de materia acotada por la piel, estaba dispersa. Un poco de yo en cada ser que mirara, un poco de yo en la luz extrañísima perenne. Un yo difuminado.

Se llamaba Joaquín, pero en mi cabeza le bauticé como el buen soldado, por la novela de Madox Ford. Había llegado nuevo y en esta ocasión fueron los manejos de la señora Goosens los que lo trajeron a nuestra mesa. Enseguida le identifiqué como uno de esos hombres que, obsesionados por perfeccionar el desa-

55

rrollo de su espíritu, abandonan familias, traicionan parejas, ningunean amistades. El personaje de Madox Ford, el capitán Ashburnham, está dispuesto a salvar a todas las mujeres que se crucen en su camino, compartiendo generosamente con ellas la belleza de su cuerpo y de su alma. Que luego las deje destrozadas es otra historia. Él es partidario tanto del amor como del sistema feudal porque ambos le permiten ser bueno a beneficio propio. La condescendencia solo puede ejercerla quien tiene las riendas en sus manos.

También aparece un trasunto del buen soldado en la novela de Iris Murdoch *Una derrota bastante honrosa*. En ella, Rupert Foster es un funcionario con inquietud de filósofo que está escribiendo un libro sobre moralidad. Se considera un hombre justo y en consecuencia habla como si estuviera incrustado en un púlpito varios metros por encima de las cabezas de los demás, impartiendo justicia desde su mente privilegiada, capaz de identificar de un vistazo el bien y el mal. Hay en todo esto un bucle perverso, porque hay que ser muy arrogante para pretender ser perfecto, con lo cual la perfección se viene al traste. En fin, este hombre es una mente rígida como un ordenador de sobremesa, con sus piezas bien soldadas, y por supuesto el espíritu cómico de Murdoch se recrea en los planes de otro personaje para romper esa actitud de recta moral.

A este tipo de personas da gusto encontrárselas en la cola del bufé para servirse de una fuente o ante un mostrador para hacer una gestión. Joaquín apareció por la sala de espera así, bondadoso y tímido, sirviéndose sin molestar a nadie. Pero también explorador, coleccionista de nuevas experiencias, seleccionando todos aquellos platos que no sabía lo que eran o no había probado nunca.

No nos fue antipático de entrada, si bien su pregunta por nuestra vida fuera de la clínica nos dejó desconcertados y no cayó demasiado bien. O no teníamos o no hablábamos de ningún lazo emocional con nada ajeno a aquel lugar y a aquel presente. Solo Felipe Carcasona aludía de vez en cuando a su familia, a quien sin embargo no veía casi nunca, bien por el trabajo, que le mantenía fuera de casa continuamente, bien por esos retiros médicos que realizaba durante sus vacaciones. Fue él quien le respondió escuetamente. Rubén le ignoró por completo. En su presencia solía estar más callado que de costumbre y estoy segura de que en el fondo le despreciaba, despreciaba su exceso de sentimentalismo, su rectitud extrema. Quizás también le temía, porque eran obvias las miradas lánguidas y cargadas de intención que el recién llegado dirigía a una Dolores que siempre parecía estar sola entre el resto de la gente.

Al mismo tiempo, por razones que no comprendo, parecía empeñado en echar a uno en brazos del otro, como si deseara con todas sus fuerzas que pasara aquello que más temía. Bastaba que Dolores y Joaquín coincidieran en algún momento para que él se apresurara a salir corriendo y dejarlos solos. Por eso cuando me abordó en el jardín y me dijo lo que me dijo, me sorprendió pero no me sorprendió del todo. Como tampoco me extrañó la invitación que recibí poco después.

La tarjeta que introdujo bajo mi puerta reproducía el cuadro de Pierre André Brouillet *Lección clínica en la Salpêtrière*. La mujer desmayada con el corsé desatado en pose dramática y esa mano del doctor Charcot que la sostiene me desagradó. Firmaba con una R mayúscula seguida de un punto, y su letra manuscrita, muy bonita a mi pesar, ocupaba la otra cara. Decía que a Dolores y a él les gustaría invitarme a cenar fuera de la clínica, que también vendría Joaquín.

7. EL PUNTO CIEGO

No me engaño. Mi estancia en la clínica tampoco fue un infierno. La cama era cómoda, el jardín olía bien y yo pasaba la mano por el lomo de los días reconociendo con satisfacción la textura lisa de su superficie, siempre idéntica. En las contadas ocasiones en que alguien tenía que abandonar momentáneamente el establecimiento, este ponía a nuestra disposición unos coches que, recogiéndonos y devolviéndonos luego en la mismísima puerta, nos ahorraban todos los inconvenientes del desplazamiento, llevándonos de un punto luminoso a otro punto luminoso sin mancharnos con el negro de las calles.

Cuando llegué al restaurante, en la última planta de un gigantesco hotel, Dolores estaba sola. Rubén telefoneó a los pocos minutos disculpándose por no poder venir. Ella no le dio importancia, parecía acostumbrada. Yo empecé a olerme la encerrona.

Tenía delante de mí al artefacto tan complicado que Rubén quería desactivar, temeroso de que explotara y le hiciera daño. El artefacto en cuestión se expresaba con soltura, nada que ver con la persona medio ida que había visto formando parte del grupo. Me miraba de frente mientras hablaba de su trabajo como restauradora, de los altibajos de su oficio, del último proyecto dejado a medias, del parón de la enfermedad, y a medida que lo hacía su identidad iba desplegándose como las alas de un pájaro, con tanta fuerza y amplitud que parecía abarcarnos a las dos. Me pregunté si sería aquel aspecto de ella el que le resultaba amenazante a Rubén. Por supuesto no mencioné la conversación en el jardín ni su ridícula petición. Dolores había estado y estaba todavía bastante enferma, de cerca sus ojeras parecían pintadas como un tatuaje sobre la piel. Mirándola, era difícil justificar los celos, que parecían, además de absurdos, crueles. La incomodidad que sentí al pensar en esto se incrementó al descubrir unos moratones oscuros en sus muñecas, redondos, del tamaño de una moneda.

Cuando llegó Joaquín no pareció importarle, o no lo demostró, la ausencia de Rubén. El buen soldado siempre prefiere rodearse de mujeres. Alabó el vestido de Dolores y ella contestó con visible orgullo que había sido un regalo de su marido.

Dolores diseccionaba la carne con decisión, mientras mantenía una charla animada sobre algunas anécdotas relativas a personajes públicos que a veces merecían su aprobación y otras veces su desprecio. Su criterio cortaba en dos los asuntos que barajaba sin

60

ensañarse con ningún trozo innecesariamente, pero dejando claras sus preferencias. En su plato, la grasa rechazada descansaba a un lado y los huesos al otro. Rubén me había asegurado que ella por naturaleza era amable, dulce, tierna, en fin, todas las variedades de lo que siendo diferente no da problemas, y lo que le preocupaba era un cambio inexplicable en su carácter. Si aquella mujer que yo tenía delante era amable, dulce y tierna, en todo caso ese era un lugar al que había llegado, no una casilla de salida; era algo que conseguía –a veces–, no algo que le venía de serie, no era una esencia de nacimiento ni un don de dios. Tal vez fue esa la primera imagen que Rubén recibió de ella y, sin conocer el reverso ni tener ganas ni curiosidad por buscarlo, decidió pensar que no lo tenía.

De todos modos siempre se fue una persona que ya no se es. A lo largo de la vida se desarrollan varios yoes de una manera sana y natural, a no ser que el miedo te paralice en uno solo, en un yo construido como defensa que se solidifica a tu alrededor como un muro. Sin ninguna intención calculada hablábamos de todo esto mientras comíamos. Joaquín resultó ser un magnífico oyente –como buen soldado, lo contrario me habría sorprendido– y además pareció sincero al ofrecer su punto de vista, compartiendo, la mano en el pecho, algunos detalles sobre sus deseos y metas en la vida. Parecía mentira que hubiéramos caído allí los tres por casualidad, tan bien congeniamos, o, mejor dicho, parecía mentira que hubiera sido justo la nota discordante la que había propiciado nuestra reunión.

El trabajo, el dinero, el tiempo, los valores y las prioridades, de manera natural fuimos tratando esos asuntos mientras terminábamos nuestros platos y pedíamos otra botella de vino. Si algo saqué en claro es que lo último en lo que pensaba Dolores era en tener una aventura. Para ella la seguridad era algo importante, y el apego a su relación venía del deseo de un refugio cotidiano y confortable. A la búsqueda de una vida tranquila parece que no le cuadra la palabra «ambición», y sin embargo lo era. Una ambición, una meta, un ideal, llamadlo como queráis, nos dijo. Ella quería estabilidad, la armonía de un plan común, quería que las cosas encajasen. ¿Qué estaba dispuesta a dar a cambio? Tal vez ahí residía el problema, porque lo que ella estaba dispuesta a ofrecer era lo mismo que deseaba recibir, y bien podía suceder que no fuera eso lo que buscara su pareja.

La disponibilidad de Rubén durante las veinticuatro horas del día y su inclinación a moverse en soledad de un sitio a otro le habían hecho ascender en la empresa de seguros hasta ocupar un puesto directivo. Con frecuencia debía hacer gestiones fuera de la oficina y también con regularidad pasaba largas temporadas en el extranjero. Se ausentaba tres o cuatro meses al año y sus jefes valoraban que no tuviera ningún compromiso familiar. Me sorprendió enterarme de que Dolores y él no estaban casados, y que ni siquiera vivieran juntos. Él la visitaba en los ratos libres, o se quedaba a dormir en su casa el fin de semana. Incluso cuando viajaban y compartían la misma habitación de hotel, él se las arreglaba para salir a hacer recados y sentarse en un café, solo, antes de volver a buscarla. De manera que sus encuentros siempre seguían un esquema similar en el que él llegaba y ella estaba esperándole.

Me preguntaba cómo alguien que ha hecho de la independencia su bandera podía echarse a temblar por la sospecha de que su mujer tuviera una vida al margen. Del mismo modo me llamaba la atención que ella esperara firmeza por parte de quien sufría por la posibilidad de que el mundo se derrumbara sobre él y corría de un lado a otro para evitar que le pillara debajo. Quizás yo estaba especulando, pero me pareció evidente. ¿Cómo es que ella no lo veía? Era ciega a esa realidad porque no podía creer que algo tan sencillo y que deseaba tanto no funcionara, se resistía a que las diferencias entre ambos supusieran una amenaza en lugar de un estímulo.

Todos tenemos un punto ciego. O varios. ¿Qué no veía Joaquín, ahí sentado entre las dos, disfrutando como un niño y dispuesto a jugarse la vida, de todo corazón, por la primera de nosotras que se lo pidiera con un suspiro y alguna lágrima? Él tenía una plaza fija como funcionario en la embajada y, al contrario que nosotras, no conocía la ansiedad del trabajo precario y los ingresos irregulares. Con ese suelo firme bajo los pies, satisfacía su necesidad de riesgo y aventura en otra parte. Era su mundo interior –aunque no usó este término– el que le interesaba, y en el que se perdía como un explorador en una jungla, que atrae y aterroriza, con su maleza inaccesible, al mismo tiempo. También era un viajero real, de hacer muchos kilómetros a lo largo de todo el globo terráqueo en todas las direcciones posibles. Y finalmente, por supuesto, estaba la exploración de otras selvas personales, íntimas y desconocidas, nuevas siempre hasta que se aburría del lugar y levantaba el campamento. El dinero era solo un medio para todos esos viajes; el trabajo, una satisfacción personal para alimentar su ser. En esto coincidíamos los tres. Nuestros proyectos vitales no se basaban tanto en el estatus social como en el emocional. En ese momento éramos la contracara del grupo que habíamos dejado en la clínica y que al día siguiente nos absorbería, sin ningún problema, de nuevo.

¿Y qué no veía yo? Con los ojos tapados es imposible ver lo que se tiene delante. Sin embargo, si eres capaz de darte cuenta de cómo y con qué te los estás tapando, quizás eso pueda señalar precisamente lo que no quieres ver.

El buen soldado sabe dónde tiene que actuar, pero aunque su rectitud moral le exige atender allí donde haya más necesidad de sus cuidados, tampoco hace ascos a los imprevistos del camino. El caso es que a Joaquín, con un radar entrenado en captar el interés hacia su persona, no le pasó desapercibido mi malestar y mi disponibilidad —así como la indiferencia de Dolores—. Si los primeros días su mirada había sondeado con insistencia alrededor de ella, durante esa cena sus ojos se detuvieron con intención calculada cada vez que se cruzaban con los míos. Yo carecía de todo entusiasmo y desde luego no tenía la intención de dejarme enredar por nadie, y mucho menos por alguien como él. A pesar de ello esa noche se coló en mi habitación. Me contó su vida. Lloró como un niño. Se fue al día siguiente.

8. SUSTANCIA PERTURBADA

Había en la clínica un espacio que era la unión de tres habitaciones y que en su día funcionaba como biblioteca o lugar de trabajo abierto a los huéspedes, aunque ahora pocos lo sabían y nadie lo utilizaba. Dolores y yo nos encontrábamos allí al caer la noche. Ella siempre se las arreglaba para subir cervezas o una botella de vino, a veces whisky. Nos daba igual si eso podía interferir o no en la cura; por mi parte, ya dije que no sé si había ido allí a recuperarme o a morir.

Sé que nos reíamos, y no obstante no conservo un recuerdo demasiado agradable, porque enseguida se impregnó de esa pátina absurda y enfermiza, estéril, que el lugar imprimía a todo, y lo que empezó siendo un diálogo terminó por convertirse en un monólogo que giraba siempre sobre lo mismo, cuando lo mismo tendía a ser nada.

Había algo adictivo para mí en esas citas. Me sumergía por completo en ellas y no quería que ese momento terminara nunca. Miraba el reloj con aprensión y también con disimulo, confiaba en que Dolores no se diera cuenta de lo tarde que era y nos sirviera otra copa y no dejara de hablar. Mi preocupación era innecesaria, porque a ella le encantaba ser escuchada, en consecuencia tenía el mismo enganche que yo y así ambas alargábamos esos encuentros lo máximo posible.

Aquellas sesiones funcionaban como una especie de hipnosis en la que yo ocupaba la mente de otra persona hasta perder la conciencia, a veces literalmente. Por eso, a pesar de disfrutarlas tanto, me quedaba también cierta incomodidad. Igual que se sale de la playa con arena pegada a la piel, yo regresaba a mi habitación y despertaba al día siguiente con partículas de Dolores adheridas a mí.

La mañana que siguió a la noche de la cena alguien llamó a mi puerta muy temprano. En el gesto de ir a abrir, refunfuñando, supe que era Rubén y me detuve en seco. Un «hola, soy yo», pronunciado al otro lado de la puerta en voz baja, con la cadencia de un fugitivo, confirmó esa sospecha. Quedé paralizada en medio de la habitación. La idea de encontrarme con él a solas, en un sitio cerrado, me incomodaba, y que ese sitio además fuera mi propio dormitorio lo hacía casi insoportable. Eché un vistazo a mi alrededor, lo imaginé moviéndose por allí y de pronto identifiqué algunas cosas, pocas, que sentí como rastros míos, como pequeños y desvaídos trozos de yo que se me hubieran caído al descuido, retazos inconscientes de mi identidad. No hubiera sabido verlos de no haber sido por el ejercicio de mirar con una mirada ajena.

Dejar en el suelo los cojines, que había puesto allí para sentarme en el lugar donde daba el sol, casi equivalía a dejar mi alma a la vista. Entre los pocos libros que tenía, ahí estaba *De rerum natura,* de Lucrecio, abierto en canal sobre la mesa. Hubiera querido, si es que iba a abrir, darle la vuelta de tal manera que no se viera el título ni mucho menos las páginas subrayadas. Pero no iba a abrir. ¡Si hasta desde donde estaba yo era visible la cama deshecha que conservaba todavía el olor del buen soldado! La idea de que Rubén pudiera mirarme y *verme* era de pronto odiosa. Quería ser una pared en blanco para él.

La puerta no tenía mirilla, así que hice algo peor, me agaché para vigilar la sombra en la ranura entre la madera y el suelo. Estaba a unos centímetros y cada segundo que pasó me mantuve allí inmóvil, apenas respiraba. Vi la sombra moverse un poco. De pronto desapareció hacia un lado. Yo no me moví. Regresó. Golpeó otra vez con los nudillos. Nos mantuvimos así durante un buen rato. Ninguno de los dos parecía dispuesto a irse. En otras circunstancias podría haber señalado que éramos dos fuerzas opuestas a un lado y a otro de la puerta, pero lo cierto es que yo solo sentía la densidad de él, ahí fuera, mientras que por mi parte no era más que el vacío entre los objetos disgregados que apenas me constituían.

Aquel día acabó por marcharse, pero no se dio por vencido. Buscaba quedarse conmigo a solas. En pequeños apartes me preguntaba qué tal con Dolores, como al paso, pero con insistencia. Quería saber de qué hablábamos. Me abrumaba y también me repugnaba. Evitaba esas ocasiones y cuando se daban no le contestaba más que vaguedades. Lo curioso es que, aunque no le hiciera ni caso en su locura, en la práctica sí pasaba tiempo con ella tal como él me había pedido. De ese modo debió de pensar que cumplía sus órdenes, y por eso se sentía con el derecho de interrogarme.

Esa también era la razón, claro, por la que aceptaba que ella se escabullera de su dormitorio y subiera a la biblioteca para charlar un rato conmigo antes de dormir. Una de esas noches, mientras la escuchaba, jugueteaba con los tiradores de los cajoncitos que tenía a mi lado cuando uno de estos se abrió. Apareció entonces un montoncito de tarjetas con la reproducción del cuadro que Rubén había utilizado para mandarme la nota. Espontáneamente, sonreí al verlo, o si no fue sonrisa, fue un gesto de reconocimiento sin ningún matiz de hostilidad. En cualquier caso creo que ella se dio cuenta y entendió. No dije nada. Como tampoco aludí nunca a la conversación en el jardín y su encargo, ni siquiera al enterarme de que no era la primera vez que él recurría a algo así y que ella estaba al tanto de esa desconfianza enfermiza.

Me identificaba con Dolores a veces hasta el punto de desdibujarme y no saber, ante tal o cual cuestión, si era yo de verdad o era yo a través de sus ojos quien opinaba. De manera que cuando nos poníamos a hablar de su vida, y de Rubén, funcionábamos como una única mente.

Llevaban un año de relación cuando ella optó por tomar a broma algo que no lo era. La condición que puso él para irse a vivir juntos pasaba por que ella tuviera garantizado un ingreso fijo mensual a la altura del suyo. Si no fue una broma, quizás fue una excusa, el resultado fue que no compartieron piso. En realidad compartieron pocas cosas al margen de la mesa de los restaurantes los fines de semana. Rubén parecía tener a Dolores igual que tenía un fisioterapeuta, un asesor fiscal y un carnet de socio en un club recreativo. Nunca le pedía opinión a la hora de tomar decisiones. Jugaba solo. Y sin embargo quería controlar todo de ella como si ella no tuviera juego propio. Una noche en que Dolores se había arreglado especialmente, abandonando sus vestidos floreados sueltos hasta la rodilla, y se había puesto un short sobre unas medias negras, las palabras de Rubén, nada más verla, fueron estas: «¿No irás así?» Se estaba dirigiendo a una mujer que había sobrevivido a un cáncer, que había pasado una cirugía en la que había perdido bazo, ovarios y útero, y cuyas piernas escuálidas mostraban todavía los efectos de meses de quimioterapia.

Antes de mí hubo otros espías de baratillo, como hubo contraseñas de correo hackeadas y móviles manoseados a la carrera mientras ella estaba en la ducha. Ella, que había iniciado aquella relación pensando que su vida se podría enriquecer y simplificar al mismo tiempo, veía cómo sus días se habían vuelto monótonos y cada vez más complicados.

Mientras pasábamos aquellos ratos en la biblioteca, la visión de Rubén dando vueltas en su cama presa de celos me resultaba generalmente patética, por no decir repulsiva. Pero esa noche fue distinta. La pintura de Brouillet se había quedado a la vista, sobre la mesa, junto a otros papeles que yo había sacado del cajón, y ella jugueteaba ahora despreocupadamente con las tarjetas. Al ver la imagen girando entre sus dedos, me sorprendí y sentí una especie de ternura por el doctor Charcot. Le imaginé en el momento de peinarse cuidadosamente el pelo hacia atrás aquella mañana, recién levantado; y aun antes, en el momento de despertar, de abrir los ojos a la vida, de recrear en su mente sus expectativas, sus pequeñas proyecciones ambiciosas mientras abandonaba la posición fetal. Me imaginé sus pies desnudos sobre el colchón entre las sábanas.

También sentí ternura por ese estudiante que está tomando apuntes, con su cuello blanco ajustado —el momento en que se lo ha ajustado en la soledad de su cuarto, el momento en que se ha mirado en el espejo, sus ojos con sueño despertándose–. De pronto sentí ternura en general. Ternura por todos los que estuvieron aquella mañana en la Salpêtrière y ternura más allá. La ternura alcanzó a Rubén y le vi en la cama, despierto, sin poder pegar ojo, los pelos de un lado de la cabeza pegados a la cara por el sudor, su pijama de niño, la insoportable ausencia. En ese momento, la desconfianza hacia la propia pareja me pareció uno de los peores castigos posibles de este mundo. No confiar en la persona a la que quieres te debe de dejar solo de una manera siniestra. Por otra parte, Rubén no se había dado cuenta de que, pidiéndome que vigilara a otra persona, se había situado él en el centro, convirtiéndose en el objeto de mi atención.

Dolores no necesitaba de mi colaboración para su charla. Ni siquiera era necesario cuidar un mínimo contacto visual, una verificación de que nos estábamos entendiendo. Ella no me miraba al hablar. Sabía que yo estaba enfrente y quizás imaginaba un público —en genérico, sin concretar— atento, y eso le bastaba. Quizás incluso era mejor así y la fantasía le permitía lucirse y escucharse. Con los ojos brillantes, sujetándose la melena detrás de las orejas, jaleada por sí misma, cogía carrerilla y levantaba el vuelo. Aquella noche volvía a hablar, por enésima vez, de su frustrante relación, que no daba pie a imaginar ningún futuro. De repente se quedó mirando hacia un rincón y volvió de allí llena de metáforas, como si aquella esquina fuera un caladero de física cuántica y regresara con las redes del campo semántico llenas de nuevos términos y conceptos en los que apoyarse. La masa de un objeto no es solo la suma de las masas de las cosas que contiene, sino que incluye la energía que mantiene esas cosas unidas, decía. De igual manera, la relación entre dos personas no es la suma de dos, sino de tres partes.

Yo no sé cuándo empecé a encontrarme mal o, mejor dicho, a encontrarme peor, ya que nunca obtuve ninguna mejoría. También Dolores tenía cada vez la piel más amarilla y las cuencas de los ojos cada vez más negras. A mí a veces me daban vahídos y otras veces náuseas, en cualquiera de los dos casos se me hacía desagradable estar rodeada de gente. La sensación de caerse hacia dentro o de vaciarse hacia fuera me llevaba a apartarme de todo. Vahídos o náuseas. O me iba yo de la existencia a través del desmayo, o la existencia, en forma de vómito, se iba de mí. En ambas circunstancias, el vacío de ser, el no-ser, era un alivio. Pesaba el exceso de sustancia, urgía hacer un hueco. Quizás es que echaba de menos ese estado primigenio, orgánico y disperso, antes de que me naciera.

Se añadía además el hecho de que el cansancio me aturdía —había noches en que apenas dormía cuatro horas—, y que a esa confusión se sumaba la pérdida de memoria inmediata: esos análisis, ¿me los había hecho ya o estaban pendientes? Ese comentario de la señora Goosens, ¿era de hacía unos minutos o unos meses? De que la quimioterapia provoca daños neuronales me di cuenta entonces. A veces dudaba si algo había pasado ya o si estaba por venir. En otras ocasiones, era incapaz de encontrar la palabra adecuada para el objeto que tenía delante. Una madrugada me desperté tendida en el diván del gabinete, sola, sucia de vómito, sin recordar nada.

En algún momento me doy cuenta de que Dolores solo habla cuando tiene una botella al lado. Que hablaba sin mirarme ya lo sabía, de que lo hacía con la vista fija en algún punto indefinido y con un gesto ausente, bobo, de mandíbula caída, de cabeza que pesa, me di cuenta más tarde. Sabía que sus monólogos ocupaban períodos de tiempo cada vez más largos que no requerían mi intervención, pero de que llegaron a ser discursos de cincuenta y cinco minutos exactos, como en una terapia psicoanalítica, me di cuenta después.

La escuchaba hablar y sabía lo que iba a decir antes de que lo dijera. De algún modo, yo estaba sentada tras ella y al mismo tiempo yo estaba tumbada delante de mí, por mucho que en realidad estuviéramos frente a frente. Era en el minuto cincuenta y cuatro cuando se volvía a mirarme y me preguntaba: «¿Y tú qué tal?» Mi respuesta a esa pregunta era comentar sus palabras anteriores. Veía entonces cómo con una de sus manos se agarraba la otra y se clavaba el pulgar en la muñeca, sin darse cuenta, mientras me escuchaba. Los moratones se los renovaba, así, continuamente.

Ni la llegada ni la marcha de Joaquín supuso ningún cambio en la rutina de la clínica, como tampoco lo supusieron esos encuentros esporádicos en la biblioteca. Vivíamos en un organismo imperturbable que absorbía a todos e imponía sus ritmos repetitivos y su inercia. Un organismo pesado que rodaba sobre sí mismo sin avanzar. En ese estancamiento yo compartía espacio con unos seres sin que su proximidad supusiera ningún tipo de cercanía emocional, porque no puede decirse que hubiera cercanía emocional en mi relación con Dolores cuando yo era poco más que el recipiente donde ella vertía su experiencia. Con frecuencia me despertaba de madrugada, angustiada, preguntándome qué hacía allí. Sentía entonces que me hundía, pero no era capaz de llorar ni de comunicarlo, solo era capaz de tomarme una pastilla y así, al cabo de un par de horas, podía ponerme en pie. Salir de la cama para entrar en la rutina habitual: la sala de espera y aquellos monólogos hilados uno detrás de otro que de lejos parecían una conversación, las pruebas médicas, el peregrinar a la piscina. Éramos obcecadamente estériles. Yo era obcecadamente estéril.

Entre nosotros habían desaparecido las referencias temporales, si es que alguna vez las hubo. Nadie aludía al momento de llegada a la clínica ni hacía referencia a la perspectiva de irse. En mi caso, además, en algún punto todo el andamiaje médico pareció detenerse o reducirse al mínimo. Cesaron las transfusiones, no me hicieron más pruebas y el tratamiento se redujo a la sola reposición de medicinas. A pesar de que ya nadie viniera a buscarme, yo seguía en la sala de espera, junto a los míos.

«—¿Qué hacemos aquí?

—Porque todos decidieron quedarse.

—¿Lo encuentras natural?

—La vida es divertida.»

9. NEGRAS ONDAS DEL LETARGO

No es que te despiertes un día y te preguntes por qué sigues ahí. Estás tan incrustada en esa situación que es imposible incluso que te des cuenta de estar en ese ahí, por tanto lo que sucede es que abres los ojos y, sin saber dónde te encuentras, lo que te preguntas es por qué estás como estás:

1. triste,
2. aislada,
3. maltratando tu cuerpo,
4. recipiente del miedo ajeno.

Pero te quedas. Lo justificas. No me voy porque no quiero, te dices, el aislamiento es lo que deseas. Y sobre todo te dices que el desgaste es vida, que el interés es atención.

Te crees que puedes no ver lo que no quieres ver, pero hay información que llega a la mente sin intervención de la conciencia. Lo repites porque siempre se te olvida. El cuerpo no es pasivo ante lo que se le pone delante.

El estímulo sensorial, la excitación de los sentidos en esa etapa me interesa, porque, al mismo tiempo que en apariencia era algo a lo que se prestaba atención y se cuidaba –la clínica insistía en ello–, tenía también algo de absoluto cartón piedra, de absoluto engaño. ¿Qué faltaba o qué sobraba? El jardín estaba perfumado artificialmente, en la sala de espera nunca nos daba el aire natural. A mí no me resultaba problemático. La ecuación jardín + buen olor tenía como resultado lógico «algo agradable». Del mismo modo que ese ambiente inodoro del interior, ni caliente ni frío, se registraba como bueno. La distancia emocional que había establecido con el mundo me permitía un pensamiento intelectual que lo procesaba todo y le añadía la etiqueta de aceptable.

No obstante, habría una percepción real, aunque fuera inconsciente, me digo. Habría algún lugar de mí que supiera que el olor venía de un ambientador o la luz de una bombilla; un lugar donde sintiera que faltaba claridad y oxígeno. Quizás, como un ciego sin explicación biológica, me habría apartado si alguien me hubiera arrojado algo a la cara, porque las cosas estaban impactando en mi cuerpo aunque yo no lo supiera. A eso es a lo que me refiero.

La clínica celebró un día de puertas abiertas. Instalaron un tenderete en el jardín con una parrilla donde se asaban filetes de buey y se ofrecían copas de champán, junto a su opción B de puré de verduras y zumo de naranja. Bastó que el acto fuera algo multitudinario para que la señora Goosens emitiera su juicio: le parecía de mal gusto tanta carne. Su repulsión me llevó a recordar *El entenado,* de Juan José Saer, aquel despiadado retrato de fieras humanas en sus orgías caníbales. De hecho, los del grupo comimos juntos a la manera de una pequeña tribu, formando un círculo que nos protegía del ir y venir de los extraños. Estábamos de pie, era algo informal. Hombro con hombro, Adolfo, Rubén, la señora Goosens, Dolores, Leonor y yo misma defendíamos ese espacio vacío que quedaba en medio de nosotros. Desde esa formación compacta e impenetrable mirábamos con recelo al resto de los asistentes. Habían venido muchas parejas y varias chicas jóvenes, algunas embarazadas. Los folletos donde se anunciaban los servicios de la clínica brillaban en su papel satinado, la grasa de los dedos que los sostenían les resbalaba sin estropearlos.

De repente, a la oleada de furor le siguió una oleada de sopor. Al principio la gente se había agolpado frente al quiosco y se saltaba o defendía su turno con uñas y dientes para hacerse con una ración. En la furia de no quedarse sin comida daba la sensación de que pudieran devorarse unos a otros. Después, la digestión les llevó a separarse, a establecer distancias, tal vez llenos, hartos del prójimo.

Los residentes de la clínica tuvimos el privilegio de ser servidos aparte para evitarnos el tumulto y las esperas. Cuando nos cansamos de estar de pie, nos retiramos a la zona, cerrada a los visitantes, de la piscina. En concreto al lateral donde nuestras tumbonas estaban dispuestas, como siempre, en semicírculo. Habíamos bebido bastante champán y agradecimos poder echarnos un rato, aunque realmente nos desplomamos, cada uno en su hamaca. Protegidos allí por la sombra fresca de nuestros magnolios, contemplamos el frío liso del agua, los resbaladizos azulejos que bordean la piscina. No hace calor, incluso es posible que esa zona esté acondicionada de algún modo. En ese acogedor corro que formamos, cerrados sobre nosotros mismos, dejamos caer algunas palabras, palabras que se escurren goteando, monótonas, sin sentido, como gotas de lluvia, pero su rumor es agradable y compensa el barullo del que venimos, tantos desconocidos, tantos tratos feos que ignorar.

Poco a poco las palabras se nos endurecen como trozos de cristal. Se desploman sobre las baldosas. Los pies, ya desnudos, todavía no han tocado el suelo.

–Las sacaron de ahí, de esa zona. –La señora Goosens señalaba en dirección al esternón de su sobrino, en la tumbona de al lado. Lo sabíamos ya sin que hiciera falta que nos incorporáramos para mirar adónde apuntaba su dedo.

–¿Y entonces...? –Rubén ni siquiera terminó de formular la pregunta, no era necesario. Tumbado boca arriba, hablaba mirando al cielo, las manos en las caderas quizás para que se le airearan los sobacos. Se había quedado en bañador pero no se había quitado todavía la camisa, que tenía empapada.

–Las tuvieron en cultivo, tuvimos que esperar,

79

pero en cuanto nos dijeron que estaban listas hubo
que operar rápido. Se las inyectaron de inmediato.

–Actuar en el momento preciso –dijo alguien.

–Es cuestión de días.

–También los ovarios.

Al cabo de un tiempo volvimos a escuchar la voz
de la señora Goosens:

–Si no fuera bien tendríamos que empezar de
nuevo. No valen las células anteriores.

–Hay que esperar.

Quizás nos dormimos algunos minutos. Cuando
abrí los ojos las sombras se habían movido de sitio.
Algunos de los nuestros estaban sumergidos en la piscina. Más allá del sector que ocupábamos podían verse otros cuerpos a remojo, y había algo desagradable
en esa inmersión colectiva después de haber engullido
la carne. La sustancia del agua formada por partículas pequeñas y volubles, moviéndose al empuje de otras
sustancias más perezosas y más densas, como el sudor, y luego los cuerpos, esas masas de materia fuerte-
mente trabada entre sí. Sobre los hombros de Rubén,
sentado en la escalera con el agua hasta la cintura, se
agolpaban pelos, granos y lunares. El cuello de Adolfo, de pie a su lado, almacenaba gotas de sudor entre
sus pliegues. Las piernas de Leonor chapoteaban desde el bordillo, recorridas por inquietantes líneas azu-
les bajo su envoltorio de piel semitransparente. En su
hamaca, la señora Goosens, en bañador bajo su albornoz entreabierto, mostraba sus huesudas y arrugadas rodillas. Eran carne y venas, verrugas y cicatrices,

protuberancias, hendiduras, grasa y zonas de colores enfermizos. Pero, se adaptaran al canon de belleza o no, aquel conjunto de cuerpos semidesnudos me transmitía algo parecido a la placidez y el amparo. En aquel reducto el único deber de cada uno era mantener la calma, por el bien del grupo. El sol de la tarde se filtraba entre las hojas de los magnolios, y estas, mecidas por el viento, ocasionaban temblorosas luces y sombras que caían dulcemente sobre todos nosotros.

Rubén y Dolores están en el agua. En el centro, que es la parte más honda. Ambos frente a frente, con una tabla de corcho en medio que sostiene ella, y a la que él se agarra con evidente aprensión. Ahora puedo mirarles, observarles con total libertad, impunemente, porque estoy boca abajo en mi tumbona y mis ojos aprovechan el resquicio que hace mi codo con el brazo alzado tapándome la cara. La veo a ella sonreír. Él también sonríe, pero menos y de manera forzada. Es obvio que tiene miedo, seguramente no sabe nadar. Ella intenta darle seguridad, y él querría relajarse, fiarse, disfrutar, pero no puede. Aguanta cuanto le es posible. Sufrimos, deseamos que salga bien. La tensión nos tira el cuerpo hacia abajo, nos hunde con sus bolas de miedo que pesan toneladas. Venga, confía. Aún resistimos. Pero al final Rubén se revuelve nervioso y dice que basta. Dolores, nadando ágilmente, acerca la tabla de corcho a la escalera y él de inmediato se agarra al pasamanos con desesperación. Sube los peldaños a la carrera. Sale con alivio, pero también con odio. Su mirada está cargada de reproches hacia sí mismo, hacia el mundo, hacia Dolores. Como si se le hubiera expuesto gratuitamente al daño, o a la vergüenza, o a una exigencia sobrehumana. Ella sale detrás, hace como si no hubiera pasado nada, o como si no se hubiera dado cuenta. Me quedo mirando el agua sin ellos. Sigo rodando la escena cuando los actores ya han salido de plano. Imagino la imagen que no sucede: los dos están riéndose juntos, ingrávidos en medio de la piscina.

Escuchábamos a Leonor decir que cada año se sentía mejor, que la clínica elevaba su nivel de energía, que ahora podía jugar al tenis hasta media hora seguida sin cansarse, cuando Felipe la interrumpió para advertir de la gran capacidad física que exigía ese juego en comparación con otros. Cuando se dirigía a ella, Felipe hablaba más despacio de lo que solía hacerlo, alargando los silencios entre palabras, tal vez porque sabía que eso la ponía nerviosa. En esta ocasión, como en tantas otras, Leonor no esperó a que terminara y le interrumpió para retomar la enumeración de sus avances. Ahora podía trabajar durante más tiempo, ser más productiva, incluso su potencial sexual también iba mejorando. Como para dar testimonio de ello –o para evitar la incómoda intervención de Felipe– se puso de pie y se tiró al agua. Dio unas esforzadas brazadas, salió por el bordillo de enfrente elevándose con la sola fuerza de sus brazos y se

82

encaminó cojeando con decisión hasta su tumbona, donde, una vez sentada, cruzó una pierna sobre otra y comenzó a frotarse los pies con una piedra pómez. Sus células muertas fueron enérgicamente separadas de su cuerpo para pasar a integrarse en el aire que respirábamos.

La misma operación había sucedido muchas veces. Día tras día actuábamos igual en el mismo escenario. La referencia a que algo estaba llegando, la idea de que algo que esperábamos estaba llegando. Siempre estaba llegando.

–Nosotros quizás necesitemos tres o cuatro aplicaciones más, y ya. ¿No es maravilloso?

–Yo veo igual con un ojo que con dos –observó Adolfo–. Deben de pensar que me pierdo la mitad.

–Anda, no seas gamberro. –La señora Goosens estaba de buen humor. Le pellizcó un carrillo y le zarandeó como a un niño pequeño.

Él sonrió complacido.

Todos estuvimos de acuerdo en que las mejorías estaban en marcha, que aquello que cada uno buscaba no tardaría en llegar. Una vez más, la señora Goosens tomó la iniciativa:

–Vamos a celebrarlo.

Pronto apareció en medio de nuestro semicírculo un carrito rebosante de hielo y licores. Nos incorporamos con expectación y fuimos a servirnos algo en medio de una especie de barullo festivo. Algunos de los otros huéspedes fueron invitados a unirse y se acercaron, curiosos. En esa inesperada ocasión de hacer contactos, Rubén se puso a servir copas. Todo lo que a él le costaba un visible esfuerzo a la señora Goosens le suponía un tremendo disfrute. Iba de un lado para otro dejándose adular, complaciéndose en ir y venir de unos a otros y no hacer mucho caso a nadie en concreto.

Estaba oscureciendo. Nos movíamos entre las tumbonas a la altura de nuestras espinillas y nos golpeábamos de vez en cuando con ellas. No veíamos las moraduras hasta el día siguiente. Los pies descalzos sobre la hierba, quizás rozando o aplastando hormigas y lombrices. Hablábamos más alto. Alguien a mi espalda mantenía una conversación sobre neuroestética emocional.

La doctora Muñoz apareció acompañada de una señora mayor con traje de chaqueta y unas llamativas deportivas de colores. Al verla acercarse, Leonor alzó un generoso vaso de ginebra con hielo hacia ella. Después de dar un trago me informó de que se trataba de la doctora Roth, psicoanalista.

–Todos estamos en terapia aquí.

–No todos –intervino Rubén. Y luego, dando un trago de su copa, añadió casi gritando–: ¡No todos!

–Y soltó una carcajada a la que siguió una risa espasmódica que derivó finalmente en un ataque de tos.

Leonor retiró la vista con una mueca de repulsión y se alejó. De pronto se deshizo de su albornoz y se lanzó al agua. Desde allí, apoyada en el bordillo, pidió a gritos que alguien le acercara su copa. Pero ninguno le hicimos caso. Nadie daba en realidad nada, la tacañería emocional era absoluta. Ni siquiera borrachos nos abrazábamos para decirnos que nos queríamos.

–Lo mejor para eso es la morfina.

–Me lo puse nuevo el año pasado.

–Ya veremos.

Rubén me agarró del brazo y me dijo al oído algo que no entendí. Su tono no fue alto pero sus palabras me atravesaron el tímpano como si me hubiera clavado en él una aguja de hacer punto. Con un gesto instintivo me llevé las manos a los oídos y solté sin querer el vaso, que cayó sobre el borde de una jardinera y se rompió en mil pedazos. La gente iba descalza, pero más que contrariedad se extendió entre ellos una risa aventurera. En una nueva oleada de euforia volvieron a arremolinarse alrededor del carrito, donde era ahora Leonor la que mezclaba bebidas como si jugara con un kit de química.

Todos parecían llenos de energía mientras que yo empezaba a sentirme cada vez más débil. Me acerqué a los Goosens y les pregunté si no pensaban descansar un rato antes de la cena. Mi pregunta se dirigía a una señora y a un señor que juntos sumaban casi siglo y medio, y sin embargo la mirada de ambos me hizo sentir que había dicho algo fuera de lugar.

–No necesitamos descansar –zanjó ella mirándome con cierto fastidio, como si les hubiera estropeado la fiesta con ese comentario.

El dolor del oído se me hacía insoportable. Me miré las manos. ¿Desde cuándo tenía ese color morado entre los dedos? También el montículo de las palmas estaba oscuro, casi negro, y se veían algunas venas en las articulaciones que antes nunca habían estado ahí. Empecé a caminar para alejarme del barullo, concentrándome en mantener el equilibrio. De pronto me encontraba mareada, o borracha, o asustada. Todo a la vez. Quise volver a mi habitación pero tuve que detenerme para apoyarme en la pared, completamente desorientada por unos segundos. Me froté una y otra vez las zonas oscuras de las manos. Pero no era pintura, no era polvo, no era suciedad. No me había manchado con nada. Lo oscuro no estaba sobre la piel, venía de dentro.

10. LA FORMA DE LOS ÁTOMOS

Dormí poco y mal. Me despertó en medio de la noche el sonido de un grifo goteando. Me levanté para comprobar que no era el de mi cuarto de baño. Sin embargo, lo oía con total claridad. Igual que oí, una vez que puse la mínima atención, los ronquidos ajenos, el suspiro del aire que recorre la tráquea y alcanza el exterior, así como el que se interna hacia la profundidad esponjosa de los pulmones. Yo no quería oír tanto. Tardé en volver a dormirme, y cuando abrí los ojos al día siguiente hubiera preferido no despertar. Estaba hundida en mí como dentro de un pozo. Me puse a buscar algo que me sacase fuera: persona, cosa o situación; pasada, presente o futura. Escarbé, rebusqué, repasé, pero lo único que se imponía era esa sensación de algo ahogándose en el fondo.

En un lugar donde ante la aparición del dolor físico se ponía en marcha un protocolo que podía empezar con inyecciones subcutáneas de morfina y terminar con parches de liberación lenta de fentanilo, sufrir de una manera vaga y sin un mal localizado en alguna parte del cuerpo parecía algo inaudito.

No podía llorar. Tampoco podía levantarme. Mucho menos hacer la maleta e irme. Me invadían unas náuseas violentas como si tuviera el estómago lleno de algo que habría preferido no comer. Sabía que en el sótano -1 estarían administrando goteo intravenoso cargado de solución salina, vitaminas y analgésicos. Aquellos extras médicos estaban a la orden del día y se ofrecía una carta para curas rápidas de oxígeno, veinte minutos, doscientos euros.

No paraba de llover y no supe si era un verano anómalo o si el otoño daba paso al invierno. Aquel rayo de sol que entraba en mi habitación ya no lo hacía en el mismo ángulo amplio, sino de manera esquinada. Apenas duraba unos minutos a media mañana.

Mi habitación cobró una extraña consistencia hueca, de cáscara que no protege nada. Las membranas endurecidas de las paredes rodeaban el vacío propiciando la sombra fresca de una celda.

¿Cuánto tiempo llevaba allí?

Había recibido transfusiones de células madre, tomaba pastillas fortificantes, me hacían análisis periódicos. Sin embargo, en lugar de encontrarme mejor estaba cada vez más débil. Pasé unos días en la cama durante los cuales no vino a verme nadie. El grupo no contemplaba desgracias, y cuando alguien desaparecía simplemente se ignoraba su ausencia. Desde mi cuarto, mi oído anormal, cada vez más sensible, me obligaba a oír lo que no quería, por ejemplo las conversaciones entre los Goosens cuando se quedaban detenidos en el pasillo hasta que cada uno abría la puerta de su dormitorio.

–Me duele, me duele.

–Adolfo, ya está bien.

–Qué pasa, es la verdad.

–Las miserias nos las callamos todos por dignidad.

Tanto odiaba Adolfo ser él el enfermo que aquella resistencia física de su tía le debía de resultar casi monstruosa. Lo cierto es que la fortaleza de la señora Goosens aumentaba en proporción a la vulnerabilidad de quien tuviera delante. La roca que era su presencia mostraba todo su esplendor cuando los titubeos de su sobrino o de quien fuera temblaban a su alrededor como pequeñas olas. En caso contrario, esa imagen de montaña altiva se deshacía como un terrón de azúcar y dejaba tras de sí a una mujer de noventa años con muchos puntos ciegos en su pasado a los que no quería mirar.

Existe una vertiente agresiva de la vulnerabilidad, claro, pero también hay seres vulnerables inofensivos. Cuando yo utilizo el término «el buen soldado», ¿por qué lo hago con desprecio o condescendencia? ¿Por qué durante años me burlé de él? Como la señora Goosens, odiaba o me daba vergüenza constatar la fragilidad. «Las miserias nos las callamos por dignidad.»

Todavía hoy no sé si después de sufrir un golpe una persona se vuelve más frágil o por el contrario se endurece. Aunque parezca imposible, creo que las dos cosas pueden ocurrir al mismo tiempo. El golpe que no te esperas. Un tren a doscientos por hora que te embiste la cara. El hierro que se abalanza sobre la tierna mejilla. Y hacer como que no ha sido para tanto.

Entendí muy tarde que sentir miedo o ansiedad en determinadas circunstancias de la vida era lo normal; que lo extraño, lo raro, era no sentirlos. Pero ¿cómo vas a echar de menos algo desagradable? ¿Cómo vas a preocuparte por no sufrir? En algún momento dejé de sentir el nudo en la garganta. En algún momento el golpe de lágrimas que había que tragarse dejó de aparecer. Y entonces fue como si aquello no hubiera pasado nunca.

Necesitar una protección que al mismo tiempo se rechaza. Yo también había sido Rubén hundiendo a manotazos la tabla que podía sostenerme sobre el agua.

¿Cuánto tiempo estuve sin salir de mi habitación?

No lo sé.

Él fue el único del grupo que vino a verme. Se coló con uno de los empleados que me traía algo de comida, comida que volvían a llevarse casi intacta. Se sentó a un lado de mi cama y me acarició el pelo. El tacto de sus dedos, fuertes y suaves al mismo tiempo, era agradable. Me parecía estar viéndole desde muy

lejos y esa distancia facilitaba las cosas, porque elimi-
naba todas las reticencias. Como un camino que se
limpiara de hojarascas o de basura, desaparecían entre
nosotros todos los pequeños fragmentos de incomo-
didades y odios. Y sencillamente quedábamos uno
frente al otro, dos entes separados por un espacio liso
y en blanco, sin nada más en común que esa existencia en el mismo lugar y el mismo tiempo, tampoco
menos. Desde esa lejanía le oí insistir en que subiera a
hablar con la doctora Muñoz, pero me negué en redondo, de alguna manera en mi interior la hacía res-
ponsable de mi estado. No sé cómo, me puso de pie
y me condujo hasta la butaca. Incluso los restos de yo
esparcidos por la habitación me resultaban extraños,
por lo que en esa ocasión no sentí como una viola-
ción ni nada parecido la mirada ajena sobre ellos. Las
manos de Rubén apartando el volumen de Lucrecio o
ahuecando el cojín para ponerlo en mi espalda me
daban lo mismo. Volvió a insistir acerca de la visita a
la doctora y volví a decir que no, pero con menos contundencia que antes. Cuando abrió la ventana para
que me diera el aire, le dije que no estaba segura de
poder hacerlo. Antes de irse cogió el teléfono y con-
certó una cita.

Subí a la oficina hexagonal con la misma reticen-
cia con la que visitaba el despacho de la directora en
el colegio cuando me esperaba una reprimenda o un
castigo. Treinta años después y aún no conocía otro

91

modo de relacionarme con la autoridad que no fuera arremeter contra ella o acatarla sin rechistar. El tercer camino, el de la negociación, no lo había frecuentado nunca.

–Bueno, entre nosotras –la doctora me tenía cogida del brazo en un gesto de confianza cómplice–, para qué quiere una saber más.

No sabía de qué estaba hablando, pero el gesto cumplía su función y me relajé. La tensión de los primeros instantes, durante los que me había quedado inmóvil junto a la puerta de entrada, prácticamente acusándola en silencio de estarme asesinando, quedaba atrás. Me fue empujando hasta su escritorio lenta pero firmemente.

–Después de todo, lo extraño, qué digo lo extraño, lo imposible es la permanencia de eso que llamamos estar sano. Los desajustes son un estado natural, tampoco hay que darle mayor importancia. El universo es cambiante y la enfermedad no es sino una inestabilidad más. –Nos sentamos–. Lo imposible desde luego es permanecer sano eternamente.

Su voz me tranquilizaba y ella lo sabía. Poco a poco empecé de nuevo a percibir en su ser a una persona amable.

–La gente a veces enloquece cuando una prueba no marca los valores normales. Bueno, pues es lógico. Desde los veinte años vamos deteriorándonos, si no antes. Somos un proceso, no un estado inmutable. Esto no podemos olvidarlo. Valores normales, valores normales. ¿A qué llamamos normalidad?

Cuando ya había pasado de querer matarla a poner mi vida entera en sus manos, se levantó para explorarme el oído. No encontraba nada malo en él, pero me dijo que la percepción auditiva podía agudizarse en un estado de estrés. Al terminar la exploración me hizo una pregunta tan simple que no me la esperaba:

—¿Qué quieres para el futuro?

Me quedé de piedra. Hacía unos años un amigo me había hecho la misma pregunta, de la misma manera sencilla y tremenda. En aquella ocasión, después de muchos circunloquios y algunos sinsentidos, vine a responder que lo que deseaba era mantener lo que tenía. Nada más decirlo me sentí boba porque me pareció un deseo pequeño, tonto y poco ambicioso. Ahora veo que, por el contrario, se trataba de un deseo desorbitado, imposible. El deseo de que nada cambie.

Aquel día, frente a la doctora, no se me habría ocurrido dar esa misma respuesta. Pero tampoco tenía otra. Le sostuve la mirada hasta que noté que se me aguaban los ojos y bajé la vista avergonzada.

En cuanto volví a mi habitación me tomé la primera pastilla de los antidepresivos que me había dado y me metí en la cama con el deseo de que se hiciera de día para tomarme la segunda dosis.

Antes de dormir me dije que era normal que Dolores no viniera a verme. En el fondo sabía que no éramos amigas, que no podía pedirle mucho más que compartir unas copas.

He dicho que lo sabía. También he dicho que lo sabía en el fondo, es decir, a mis espaldas.

Tuve una pesadilla en la que recordaba que lo que Rubén me había dicho al oído en la piscina era que estaban esperando mi útero. El cáncer de Dolores había requerido un vaciado casi completo de su cuerpo, ¿y no me había hablado la doctora Muñoz de someterme a una cirugía preventiva?

La visita de la doctora a mi habitación, en algún momento de aquellos días, degeneró en un episodio lamentable. Todo empezó con normalidad, ella dijo que enseguida me encontraría mejor, que los antidepresivos tardaban en hacer efecto, por lo que no debía preocuparme. Yo la escuchaba desde la cama. Fue al sentir que me estaba mareando y al incorporarme para poner la cabeza entre las rodillas, como solía hacer para que se me pasara, cuando se desencadenó todo. Al ver este movimiento repentino, que no esperaba, la doctora tal vez creyó que estaba teniendo una convulsión, o que de pronto iba a salir corriendo. El caso es que de manera decidida me sujetó los hombros tumbándome de nuevo. Apenas entonces pude decirle que me estaba mareando. Al oír aquello se empeñó con más determinación en que permaneciera echada, con los pies en alto. Pero yo necesitaba con urgencia sentarme y poner la cabeza entre las piernas. Volví a incorporarme. Ella reaccionó esta vez con más fuerza y llamó a un enfermero para que la ayudara a inmovilizarme. Al mareo se unió una sensación enorme de impotencia y una rabia descomunal. Me revolví sin fuerzas para gritar. Ellos ejercían ahora una violencia contra mí sin disimulos. Yo no podía explicar que lo único que necesitaba era que me soltaran para calmarme. Solo con decirlo hubiera bastado. Pero de mi garganta no salía sonido alguno. Me condujeron atada en una camilla hacia el sótano, para una revisión.

–Cálmate.

Pero yo no quería que hurgaran en mi cuerpo. De repente era mi cuerpo y no quería que lo toquetearan. No quería que me olieran por dentro.

–Cálmate.

Lloré de impotencia.

Me sedaron.

Cuando desperté al día siguiente, la doctora Muñoz me habló de un ataque de ansiedad. Me tembló la voz cuando le dije que se estaba equivocando. Tras lo sucedido, ¿era más fuerte o más débil?

No lo sé.

11. EL ALMA DESCOMPUESTA

Prefería estar sola. Me las arreglaba para evitarles, escuchaba tras la puerta si había alguien en el pasillo, si alguien entraba o salía de su dormitorio, del ascensor. Conocía la rutina y no era difícil desayunar en la cafetería, merendar en la sala de espera. En realidad pasaba la mayor parte del tiempo en mi cuarto. La sensación al moverme era la de conducir un vehículo con el freno puesto. Cada vez más a menudo pensaba que ya no me daba miedo morirme y lo consideraba un logro. La muerte me parecía la continuidad natural de un proceso que estaba en marcha y que no era otro sino la disolución del yo.

Porque eso que llamaba yo cada vez era más difuso. Lo que quiera que fuese se alejaba, se disgregaba en partes cada vez más lejanas las unas de las otras. Un pequeño big bang de identidad que había tenido lugar en algún momento sin que me diera cuenta. Me faltaba el pegamento que aunara todo aquello. La clínica, mi estancia allí, había sido un molde previo donde verter mi yo informe. Un molde absurdo.

Se dice: forjarse una personalidad. Forjar, unir piezas mediante el fundido. Piezas separadas no en el espacio, sino en el tiempo. Cada instante soy imperceptiblemente otra. Si pienso en años, la diferencia es considerable, pero no rige un criterio cronológico, me siento más cercana de quien fui a los once que de la que fui a los treinta y cinco. Pero y sí, separadas en el espacio también. Esa que parece un bloque único, congelada en un instante, se compone por lo menos de dos o tres que conviven simultáneamente, y no son solo diferentes, sino contradictorias. De ahí que sea necesario forjar, aplicar un método expeditivo para fundir lo que no puede unirse.

Identidad viene de *idem,* que quiere decir «lo mismo». ¿Lo mismo que qué? ¿Lo mismo a través del tiempo? Nuestro cuerpo es sucesivo como lo son nuestros pensamientos. Me aferro desesperadamente a aquello que queda, la forma de unos dedos, de un diente, ciertas tendencias del carácter, y existo como construcción ilusoria. No soy más que una idea necesaria para funcionar. La memoria es el hilo que me cose.

En aquella etapa fui un yo deshilachado. Me colgaban los hilos, deshechos los nudos que los mantenían entretejidos.

Por qué se deshacen los nudos.

Pero qué nudos son esos.

Si pongo empeño, tal vez puedo escoger de entre todas las sensaciones que me han constituido durante mi vida las cuatro de ellas más recurrentes, e identificar ese sentir, vagamente, como «yo». Tal vez esas sensaciones sean los nudos. De todos modos, la pregunta de quién soy debería sustituirse por la de qué soy, para facilitar las cosas. El yo del que estoy hablando no es más que una perspectiva, un lugar desde el que mirar el mundo. Un punto marcado por dos coordenadas: memoria y expectativa. Qué soy es mucho más sencillo, un conjunto de vísceras con su soporte músculo-esquelético sometido al devenir universal. Aquello que miró Lucrecio.

Es y no es verdad que no quisiera ver a nadie. Me habría gustado que Dolores se hubiera interesado por mí, que hubiera venido a buscarme a mi habitación para subir juntas a la biblioteca. Pero no venía.

Puede parecer paradójico, pero no obstante ahora sé que fue en esos encuentros con ella, en los que prácticamente «desaparecía», cuando recuperé alguna conciencia de mí. Absorbida por su perspectiva, que lo impregnaba todo, de pronto intuía otro ángulo, más difuso, imposible de poner en palabras, pero para mí más esencial. Era como asomarse a la mirada de un yo antiguo, la forma de ver de un fantasma, el atisbo de una identidad con la que me reencontraba fugazmente y que enseguida volvía a perder, y a veces al poco rato encontraba ese hilo de nuevo y lo perdía otra vez.

En esos instantes mínimos sentía que me diferenciaba tanto de ella como de mí misma. Pero no me importaba porque esa tercera presencia, aunque lejanísima, era reconocible y familiar. Y, a pesar de que eran episodios imprecisos e intermitentes, abrían la posibilidad de que existiera no ya un hilo, sino una cuerda muy gruesa, siempre, en alguna parte, una especie de cable que me sostenía, fuera yo capaz de verlo o no lo fuera.

La imagen de unas piernas atadas. Son dos piernas, cada una de una persona diferente. Una cuerda nos ata y nos convierte en un monstruo torpe en sus movimientos porque las cabezas van por un lado, las extremidades por otro. Los dos cerebros no interpretan igual las señales que reciben, y los impulsos que mandan a los nervios provocan movimientos disímiles. Tironeamos cada una hacia lados opuestos. Nos caemos. Pero hemos de avanzar irremediablemente unidas.

Es un juego.

Es un cumpleaños.

Nos reímos.

De hecho es el cumpleaños de Ricardo, mi novio, que cumple cuarenta. La cifra nos parece apabullante, muchos no hemos llegado todavía a los treinta y cinco. Él ha querido celebrarlo por todo lo alto, invitar al mayor número de amigos posible, tirar la casa por la ventana, demostrarles su amor. Ha alquilado un autobús con el que llegamos hasta una playa perdida para pasar aquí la noche de fiesta. Traemos con nosotros a unos cuantos niños. Los nuestros, Pablo y Luis, tienen cuatro y dos años. Desplegamos una tienda de campaña para todos ellos. Nos turnaremos para vigilarlos. En el otro extremo de la arena haremos hogueras y comeremos y bailaremos alrededor. En el autobús tenemos baño, enchufes, hielo, bebidas, asientos abatibles, qué más queremos.

Me dediqué a hacer las compras la semana anterior. Vasos, platos, velas, luces, esteras. Preparé las tartas en casa de Raquel, quería que fuera una sorpresa. Iba allí por las tardes, con el cochecito de los niños hasta arriba de bolsas. Mientras ella trabajaba en sus collages, yo trajinaba en el horno. Poníamos música y tomábamos una cerveza. Sobre la alfombra, Pablo y Luis se entretenían espachurrando papel de seda.

La celebración se haría el fin de semana, pero la fecha real del cumpleaños había sido el miércoles. Ese día Ricardo invitó a comer a Nuria en un merendero con vistas al mar. No me sentó muy bien cuando me enteré. Pensé que habías estado todo el día en el periódico, le dije. Sí, respondió, pero tengo unas horas para salir a comer, y me encontré con ella. Yo también como, repliqué, y he comido sola en casa. Me miró. Pareció que iba a decirme algo pero no dijo nada.

Quise olvidar el desplante y lo olvidé. El sábado viajamos hasta la playa cantando en el bus como colegiales.

Ardían varias hogueras cuando empezó a oscurecer. En una de ellas yo bailaba sin parar con mis amigos. No me molestaba que él y Nuria estuvieran sentados a la luz de otro fuego, charlando mientras tomaban un vino. Por qué iba a molestarme. Cuando le miraba a lo lejos, veía a una parte de mí misma y no sé si soy capaz de explicarlo. Llevábamos juntos casi diez años, una década creciendo bajo el mismo techo. Conocía al niño que había sido casi tan bien como a la niña que fui yo. Solía tirarme en bomba encima de él mientras leía tumbado en el sofá, luego peleábamos y rodábamos por el suelo, riéndonos con el corazón a mil.

Había anochecido cuando jugamos a lo de las piernas atadas. Las parejas se sortearon y me tocó con Nuria. Me alegré porque la verdad es que quería hacerme más amiga de ella. Éramos vecinas y a menudo la invitábamos a casa, cuando organizábamos algo con amigos. Pero me hubiese gustado vernos las dos solas, ir con ella al cine, por ejemplo. Me daba rabia lo que sucedía entre nosotras. Las dos teníamos la misma edad pero parecíamos pertenecer a especies diferentes, yo por ser madre, ella por no serlo. En esa distinción yo no salía bien parada, la imagen de una madre siempre era más vieja, más sosa. Una madre era algo práctico y material, de a diario, casi sin identidad propia y desde luego sin ninguna originalidad intelectual.

Perdimos.

Llegamos a la meta las últimas, después de muchas caídas, de muchas risas y de la sorpresa, por mi parte, de que hasta entonces ella nunca se hubiera fijado en que yo era zurda. La fiesta continuó.

Ricardo había animado a los invitados a participar cada uno a su manera: hubo quien tocó algo de música, quien realizó un pase de diapositivas sobre su amistad con el homenajeado. Aprovechando que por entonces yo estaba traduciendo un libro de Anne Carson, leí algunos versos suyos. El mismo Ricardo improvisó un monólogo sobre la crisis de los cuarenta que nos hizo reír a todos.

A media noche alguien me avisó de que Pablo se había despertado con pesadillas y con fiebre, así que fui a verle y me quedé con él, escuchando la fiesta a lo lejos, rodeada de niños. Estaba despierto y a pesar de los cuarenta grados que marcaba el termómetro, o quizás debido a ellos, se reía. Me gustaba aliviarle poniéndole toallas húmedas en la frente y sostener su manita caliente.

Desde el interior de la tienda de campaña se oían las olas. Estaba amaneciendo. Pablo dormía tranquilo. Ricardo no había venido y ya no se oía música ni voces. Salí a buscarle. Algunas personas se habían metido en el autocar, otras dormían al raso sobre la arena. A él le vi en el agua, bañándose desnudo. Caminé hacia allí por la orilla. Al llegar a su altura me encontré con Nuria, que dormía bajo una manta.

No me lo pensé mucho, me quité la ropa y nadé hasta él.

Nos dejamos mecer por las olas mientras contemplábamos el horizonte todavía oscuro. Con mis brazos le rodeaba el cuello, él me sujetaba las piernas y la cintura, como si me llevara en brazos. Enseguida me pareció percibir algo raro, más allá de sus ojos rojos por los porros o el efecto del alcohol. Estaba excitado y al mismo tiempo ausente, extraño. ¿Qué le vi raro? ¿Por qué no le vi aún más raro? ¿No lo estaba viendo ya hacía tiempo?

—¿Qué te pasa? —pregunté.

Ni siquiera formulo esa pregunta como una pregunta seria. No espero ninguna respuesta dramática o al menos no demasiado. Un estoy algo borracho me hubiera valido.

Me mira a los ojos y, en unas circunstancias en las que normalmente hubiera encajado un te quiero, me dice que hay otra persona.

Digo NO. Me veo negando una y otra vez, como una muñeca a la que se le hubiera atascado el mecanismo.

Pero me repite que sí, que está enamorado de otra persona. Ha añadido la palabra *enamorado* y todavía me sostiene en brazos y nuestros cuerpos rozándose la piel se balancean juntos. Siento un golpe, un golpe irreal-real en la cabeza. Vuelvo a decir que no y me aparto de él. Dice que lleva un año dudando qué hacer y que ya lo ha decidido. Me cuesta concebir el signifi-

103

cado de la palabra *año*. Por otra parte este diálogo me parece tan manido, lo he oído tantas veces en las películas, que cuando a continuación le pregunto que si la conozco tengo la sensación de estar leyendo un guión. Me responde que no y yo no sé si prefiero esa respuesta o la contraria, pero no puedo pararme a pensarlo porque mi prioridad ahora es ponerme algo encima, cubrir mi cuerpo desnudo y estar sola, así que nado deprisa hasta la orilla, me pongo la ropa sobre la piel mojada y camino hacia el extremo de la playa donde no hay nadie, aunque al llegar en lugar de respirar por fin una bocanada de aire continúo ahogándome.

Me veo llorando y mirándole a través de las lágrimas. Está sentado a mi lado y su rostro me sigue pareciendo que tiene algo extraño, está rígido como una careta, no presenta gesto alguno, no hay compasión en él, parece que no me ve, yo no lo entiendo. No le reconozco e intento al menos que él me reconozca a mí. Me oigo decir mírame, soy Vale, soy yo. Lo repito. Lo grito. Pero nada. Él solo me mira, serio, con su careta puesta, rarísima. Y entonces aquella que fui se da cuenta de que se ha quedado sola, de repente, frente a un desconocido.

No sé qué hicimos, qué hicieron, qué hice las horas siguientes. En el autobús de vuelta viajo en medio de cuarenta y pico personas reidoras y cantarinas. Quien regresa es una vieja rodeada de colegiales.

Es inútil el esfuerzo por unirse, la cópula es una farsa. Y al mismo tiempo, sin embargo, todo está juntándose con todo, todo se penetra. Las bacterias que llevo dentro, el aire que respiro. Sé que lo que llamo *yo* es difuso y poroso, aunque a veces me sea inevitable pensar la piel como una barrera nítida, el cúmulo de carne, sangre y huesos como un muro, con el yo allí adentro, solo, como en una tienda de campaña (con su dispensador de monóxido de carbono ultraconcentrado) donde solo se oyen risas a lo lejos. Me da igual lo que sea que fuera aquello que llamaba «yo» por entonces. Me importan una mierda los neurotransmisores, la inhibición del dolor y las endorfinas. Tienes que comer y comes, pero llega un momento en que el sándwich está hecho de ratas con piel y todo. Aquella noche apreté los labios, me tapé los oídos y cerré los ojos. Ese gesto, nada más, es lo que era.

Hay quien dice que olvidar es perdonar. Pero no. Olvidar es olvidar, y se puede olvidar algo que no se ha perdonado. Para perdonar hay que acordarse de las cosas. Por eso me gustaría decirle que ya pasó todo, que íbamos bien hasta que nos equivocamos, y que me acuerdo de eso cada día.

Cuando me encontré de nuevo con el grupo, descubrí que Dolores se había ido, que había abandonado la clínica. No sabía exactamente cuándo y no me atreví a preguntarlo, mucho menos a intentar averiguar los motivos. No solo me alegré, sino que sentí cierta euforia, como si una parte de mí hubiera escapado un poco. Lo que sí supe es que se había ido sola. Por allí continuaba Rubén, quizás en medio de algún trato ventajoso con un potencial cliente, incapaz por tanto de dejarlo a medias. Por otra parte, no podía ocultarme la decepción por que no se hubiera despedido de mí. Me perturbó imaginar que quizás Rubén le había hablado de nuestro acuerdo y que ella se hubiera molestado. Claro que no había habido ningún acuerdo. Pero si él le hubiera confesado lo que me pidió aquel día en el jardín y ella hubiera sumado a eso todas las veces que nos vimos y todo lo que habíamos hablado, quizás habría bastado para que sacara conclusiones erróneas y se hiciera una idea falsa de mí. A esta inquietud se añadía la sospecha de que el día que él vino a verme a mi habitación y me acarició el pelo hubiera sido después de la marcha de ella, y que ambas cosas estuvieran relacionadas de algún modo.

12. LOS RESORTES DE LA MÁQUINA

Si Dolores y Rubén, aquel día, dentro de la piscina aferrados a una tabla, me hubieran mirado, habrían visto un cuerpo flaco, sin músculo, blanco por la ausencia de luz como esos insectos transparentes que viven siempre bajo tierra. Habrían visto una cara de mejillas hundidas enmarcada por una melena corta. Unos brazos que podían rodearse con la mano. Unos ojos apagados por la falta de vitaminas, con su pupila dilatada por la medicación. Estoy recostada en la tumbona registrando todo lo que sucede a mi alrededor como si no fuera conmigo. Sostengo un vaso en la mano, me muevo despacio, cojo un fruto caído del árbol que está en el suelo al alcance de mi mano y no tengo fuerzas para espachurrarlo. Le clavo la uña. La uña se dobla y duele.

A veces hay que cuidarse incluso en contra de uno mismo.

Si digo el pinchazo en el brazo, el frío metálico en el pecho, la lengua apretada contra el paladar, sé de lo que estoy hablando: lo recuerdo. Y si son cosas que recuerdo es porque les presté atención consciente. Pero ¿qué fue de todos aquellos estímulos sensoriales que recibí e ignoré?, me pregunto. ¿Qué pasa con la impresión inmediata y efímera a la que no hacemos caso? En este instante, mientras escribo estas líneas, pongo atención en la brisa templada sobre mis brazos y piernas, en cómo el aire mueve los mechones sueltos de mi pelo y cómo estos me acarician la cara. El olor de la hierba calentada por el sol. Me pregunto si para disfrutar todo esto la percepción tiene que pasar por la conciencia o basta con que mi cuerpo lo registre. Te dicen vive el momento presente, sé consciente del ahora. Y está bien. Pero si no lo eres y estás al aire libre, bajo un sol templado, recibiendo, no sé, la brisa del mar, ¿crees que tu cuerpo no va a disfrutarlo de todos modos?

Cuidarse en contra de uno mismo.
Extendí los brazos para que me clavaran la aguja como quien se entrega a un castigo que merece. Cuánto hay de culpa en todo esto. Una culpa que viene de dónde. Estar enfermo como quien está en pecado. Aceptar, callarse, bajar la cabeza: hiciste algo mal, ahora lo pagas. Dejaste pasar oportunidades de trabajo, descuidaste tu ambición profesional, aceptaste ganar una pequeña cantidad que aportar a la cuenta común y ocuparte de los niños. Ahora qué. Qué culpa tienes, y, sin embargo, la tienes. Lo sabemos to-

dos. Lo sentimos todos. Te cuidan, claro que te cuidan, pero ojo, que si no estás lo suficientemente triste para ser cuidada, se tuerce la boca, se alza la ceja. Bailas sin parar, intentando dejar atrás el horror, contenta de poder hacerlo, orgullosa de ti, y, entonces, qué arrogancia, te dicen. Si dejaras la pista de baile y te sentaras discreta en una banqueta; así, sí. O si al menos te recostaras dócilmente en algún sitio. Se exige una cierta actitud de retraimiento. Con los años que tienes y eres madre. La sociedad y la culpa. Subir la cabeza para que te dé el sol puede interpretarse como un gesto de soberbia.

¿Y bajar la cabeza hasta el infierno? Yo lo hice. El tópico de la noche, las tinieblas. El qué más te da, qué más nos da, a mí qué me importa. Si bajas la cabeza hasta el infierno te ríes, como un demonio, de ti misma. Te propinas el castigo y de todos modos siempre hay un prójimo dispuesto a echarte una mano en esa tarea.

No sé qué fue primero. Quizás el sol en el jardín, por las mañanas, cuando sabía que no me iba a tropezar con nadie. Después, un día, me obligué a nadar un largo de la piscina. Estiraba despacio mis músculos a cada brazada, o lo que quedaba de ellos. Llegué a la pared de enfrente sin aliento. Cada tarde me ponía los cascos para escuchar música clásica como quien se cambia las vendas. Me traía y me llevaba, era sujeto y objeto al mismo tiempo.

Por entonces me di cuenta del mecanismo. La

maniobra era la siguiente: volvía del sueño y lo que encontraba era un yo completamente hundido, dentro de un agujero profundo, estrecho y muy oscuro, alejado de todo. Entonces dedicaba unos segundos, con esfuerzo, a ordenar las cosas, a colocar delante lo que quería ver y detrás lo que prefería dejar escondido. Después de ese reajuste ya sí, me reconocía despierta y podía empezar el día.

Con el grupo volví a coincidir a la hora de comer. Lo bueno de su desinterés es que no cabía ningún rencor por haber estado una temporada desaparecida. Rubén, sin embargo, me rehuía. Evitaba sentarse a mi lado y hasta abandonaba la sala cuando llegaba yo. Al principio no pude explicarme por qué, luego se me ocurrió que quizás le avergonzaba porque veía en mí a un testigo incómodo de su locura.

Yo había sido integrada en ese grupo gracias a él, acción que a su vez respondía a un motivo muy concreto. Desaparecido el motivo, mi presencia entre ellos empezó a verse como una anomalía. No tanto por la edad que nos separaba y por mi condición de donnadie, sino por la actitud diferente que yo empezaba a mostrar en algunas ocasiones.

Estábamos en la sala de espera cuando, sin pensarlo, solté en voz alta que tenía ganas de ver a mis hijos. La señora Goosens me miró como si hubiera dicho una obscenidad. Rubén pareció sorprenderse, pero luego, como el resto, me ignoró. Estaba rompiendo una de las reglas básicas del grupo, no hablar de la vida privada. El único que había mencionado alguna vez a unos hijos que no veía nunca era Felipe Carcasona.

Echaba en falta las sesiones de vino y charla con Dolores, pero más que como una pérdida me esforcé en tomármelo como un nuevo estado vacío en el que iba poniendo cosas. Pocas al principio. Bastaba una al día. Tomar el sol ya contaba como día ganado. Hacer dos largos en la piscina, también. Así fue como descubrí que mi cuerpo quería vivir y que tenía una fuerza que yo desconocía. Esa fuerza incipiente resultó ser un cambio pequeño pero brutal. Un mínimo corrimiento de tierra que descalabra el paisaje. Cada novedad que añadía lo transformaba todo, y la novedad podía llegar también desde el pasado, en forma de recuerdo súbito y feliz de algo olvidado, como el dulce contacto con otro cuerpo en la fugacidad de una noche. Saqué el portátil que todavía estaba en la maleta, guardada dentro del armario. Bastó ese gesto para que cuando ahora llegaba a mi habitación sintiera que había algo construyéndose allí, aunque ni siquiera lo encendiera.

En la sala de espera solo me quedaba el tiempo que me apetecía, porque estaba descubriendo que ese apetecer y no apetecer existía, y sobre todo que yo sabía distinguirlos. Por el mismo motivo no me importaba hablar como no me importaba estar callada.

Hay que tener seguridad para ser alguien. A tener deseos propios también se aprende, también se enseña.

111

¿La mayor conciencia de uno mismo supone un progreso? Porque no estoy segura. Cuando hablo tanto de mí siento que se me sale el yo por todos lados, que se desborda, y me harta. Y también me hartan los yoes que rebosan en la gente que me rodea. Hay un exceso de expresiones del yo.

13. LA NATURALEZA DE LAS COSAS

Nunca había pasado de largo por el mostrador y caminado hasta el otro extremo del vestíbulo, por donde veíamos perderse a Felipe mientras estábamos en la cafetería. Un día descubrí que había una capilla, bajando unas pequeñas escaleras. Estaba desierta y, con aprensión, cerré la puerta tras de mí. Me senté en uno de los bancos, atraída por un ambiente que me repugnaba y que al mismo tiempo me resultaba familiar. Cuántas veces había estado delante de aquella frialdad de los altares, ante el sufrimiento del dios crucificado, el sufrimiento de la virgen que alza sus ojos al cielo, el sudor y la sangre petrificados, el olor a cerrado y a velas. Me constituía el recuerdo lejano de ese escenario y su rechazo.

Las seis superficies de piedra cerradas sobre sí mismas para resguardar la penumbra. Aquel cubo hueco era el recipiente que recogía las penas de la gente. Podía imaginar a Felipe Carcasona con sus párpados caídos, pobre hombre, volcando allí el dolor por la esclavitud de su enfermedad, la esclavitud de su trabajo, la familia a la que no tenía tiempo de ver. También un lugar así fue el depósito del miedo de mi abuela, el de mi madre, el mío. Qué oscuro era todo fuera de casa en mis primeros años, el hábito negro de las monjas, la capilla del colegio y el confesionario al fondo con su cura dentro, esperando recibir, con las manos abiertas, todos los temores de las niñas.

Es curioso que donde no hay nada, nada puede morir, y, sin embargo, todo lo ocupa la idea de la muerte. Una lágrima que cayera sobre aquel suelo alicatado no originaría nada. El espíritu escurriéndose por el desagüe.

Por el contrario, donde el cambio es continuo todo aparece, crece, desaparece, y, no obstante, no hay muerte ahí donde todo está muriendo. Musgo en la roca, flor en el musgo, tallos en la madera.

Me quedé aún un rato más, absorta, observando ese espacio enclaustrado, hermético, con su oscuridad en conserva. Todo el grupo se regocijaba porque las habitaciones eran frescas incluso en los días de más calor. Lo cierto es que mi habitación era fría como una celda. El edificio tenía forma de ele y nuestras paredes daban al norte. Aquellos rayos de sol por las mañanas de los que hablé en realidad eran un reflejo de los que se proyectaban enfrente y que llegaban a mi ventana después de rebotar en otra, como un remedo.

Y a pesar de todo yo había ido buscando la solidez de la piedra, que nada cambie frente a la tierra suelta, esa tierra inestable que puede deslizarse, agrietarse, encharcarse; la tierra viva donde las cosas nacen y se retuercen antes de morir. La enfermedad es una inestabilidad más. Tampoco el cuerpo es seguro, y el miedo atenaza, ata la pata a la piedra.

Fingir la belleza cuesta trabajo, pero aún es peor cuando ni siquiera existe la voluntad de hacerlo. Por eso, un empeño, aunque fuera en la dirección equivocada, al menos proporcionaba una intención, un sentido, y yo necesitaba sentido fuera el que fuera, tan grande era mi debilidad y tan grande debía de ser mi miedo.

Un tal Valeriano deambulaba por una clínica de lujo —que a veces era castillo medieval, a veces nave futurista— sosteniendo una copa de martini, y a mí, de pronto, me molestó verle. Había canalizado todo el dolor en una trama de intriga que se acelera al final con ese personaje casi despiezado. El grupo intrigante que planeaba la compra o el uso de sus órganos antes jugaba con él y le robaba otros pedazos de ser, como la voluntad, el deseo, la palabra.

Las cosas en realidad fueron menos épicas, a mí no me sedaron para vaciarme, yo misma me despojé de mí. Me regalé vaciada como una caja. Tanta disponibilidad provoca desconfianza. Nadie allí me tomó nunca en serio.

Nadie tuvo que atarme a una cama. Lo único que me ató fue el miedo. Atada a la pata de un cadáver que no tenía ojos para mirarme, caminando a trompicones por el campo de noche. Qué es eso del nido de víboras, si todos éramos ratones. Si además no nos veíamos. Si no hablábamos. No me morí dulcemente con una copa en la mano, no me morí de ningún modo, pero tampoco fui yo. En esa no-existencia fui Dolores atada a la pata de Rubén, y fui Rubén atado a la pata del fracaso. Fui la señora Goosens atada al hambre y la vergüenza que pasó en su juventud, Felipe atado a la resignación de todo lo que perdía y Leonor atada a todo lo que no soltaba. Corriendo unos y otros con nuestra carga por el campo de noche. Los enlaces rotos. Lucrecio. La naturaleza de las cosas.

Tan borroso se ve algo cuando lo miras de lejos como si lo ves desde demasiado cerca. He procurado moverme hasta encontrar la mejor distancia para que todo cobrara nitidez y de nuevo me pregunto si no sería mejor aceptar lo turbio, lo nebuloso; si este empeño por aclararlo todo no es inútil, además de molesto.

Es mentira, inevitablemente, el esquema que dibujan las líneas paralelas de estas páginas. Por mucho que desee cuadrar todo en mi cabeza con ecuaciones perfectas: digamos El miedo de Rubén (MR) multiplicado por La ceguera de Dolores (CD) dividido por La disolución de mi yo (DY). Igual a la figura cóncava, recipiente hermético. También podría ajustar el número de páginas a la serie de Fibonacci, pero luego están las sensaciones de la piel, que son irregulares y yo no entiendo. El horizonte oscuro tras las olas que se mecen. La tabla flotando sola en la piscina vacía. En lugar de una cuerda, tirar una copa de champán a una persona que se está ahogando. Tropezar y quedarte enganchado en ese movimiento terco como el personaje de un juego de ordenador que no puede atravesar una pared pero no deja de mover las piernas mientras se da de bruces contra el muro. Ponerle cara al monstruo es un respiro. Todas las caras del grupo asomadas para mirar al protagonista desde arriba como en la última escena de *La semilla del diablo*. Todos contra un pobre bebé. Tenía sentido, había información organizada, alguien la registraba y clasificaba. Así me ha gustado siempre entender a mí, sin que me afecte. Y es que cuando estoy confusa quisiera estar confusa también con precisión científica. Soy Lucrecio midiendo la densidad de las moléculas del aceite y las del alma. La naturaleza de las cosas.

La doctora Muñoz no se sorprendió cuando le dije que quería irme. Fui yo la sorprendida por el sonido de mi propia voz, imponiéndose al silencio de su despacho, sin atacar y sin pedirlo. Por primera vez había dicho tranquilamente que no a algo, y no había sucedido nada. Miré su medallón de bronce y de pronto supe a quién me recordaba. A Rosa, una amiga de mi abuela que, junto a otras, iba a merendar a su casa todos los domingos y sin embargo era completamente distinta a las demás. No llevaba el pelo cardado en una especie de casco ni se movía con afectación, llevaba coleta y pantalones y no la llevaba ni iba a buscarla ningún marido. Era médica. Poco tenía que ver con la práctica profesional de la doctora Muñoz y mucho menos con su falta de escrúpulos a la hora de ser rentable, pero en mi necesidad de encontrar cómplices cualquier cosa era susceptible de aparecer como la mejor versión de sí misma.

Me levanté y le extendí la mano, pero ella en esta ocasión se puso de pie y me dio dos besos.

La puerta se abrió.

Pasé por mi habitación a recoger la maleta, que ya había dejado preparada. Ahora que tenía prisa por irme, no iba a despedirme de nadie. De todos modos, nadie allí se despedía. No lo hizo Joaquín, tampoco Dolores, y mucho menos Rubén, que se había marchado unos días antes. En aquel lugar no le importabas a nadie, a cambio podías hacer lo que quisieras.

Salí casi corriendo como si me persiguiera alguien. La vida empuja en la misma medida que la muerte arrastra. Todos llevamos esa bomba de relojería dentro, pero no está activada, o no todo el tiempo. Me detuve nada más verme fuera para tomar aire. Sonreí entonces y sonrío ahora al recordarlo. Fue sentir el viento contra la piel como por vez primera.

Al caminar no se piensa en poner un pie delante de otro, y cuando uno fluye en el batiburrillo de la vida, la identidad, como un organismo competente, funciona a la perfección; solo si me paro a mirarla, esa construcción puede deshacerse o volverse problemática, desmembrarse. Es la manía de explicar un pensamiento. Empeñarse en poner la cabeza donde se tienen los pies.

Debería escribir como si tocara el piano. No hay nada que entender en una melodía. ¿Por qué me cuesta tanto romper la lógica, el pensamiento discursivo, la frase?

Porque aunque yo transija, al fin, y acepte lo oscuro, no me siento cómoda transmitiendo esa oscuridad a mi alrededor.

Después de todo, quiero hacerme entender.

Esa manía, a lo mejor, soy yo.

La novela que no escribí

BEGOÑA HUERTAS

médico a mí ... ...atos
pelado, iluminaba ... ... uno de
rededor... ...atmós... ...ática.
...atención se le iba hacia lo que

adornaban ... parecía que a los

amable ... complicidad da

el tipo ...

nuevo ... y salió ... ... un sec... may ...o you, sir?"
...se alejaban ... ...uitas.

Cuando Valeriano llegó de nuevo a ... ...; esta vez con la ...am y los
...antos dentro, le invadía ... ...ón de la ...oria. Tras esa primera ... ...a los demás
...na camisas, pantal... ...ron con ... la
...día donde ... ...unas zapatos, ...ar la
...donde se alojaba ... ...ugares.

En ese ... ...otel, ... su cuarto de cada ... ...
una parada en el bar. Acodado en la barra pidió un sándwich caliente y una cerveza. En
una esquina, junto a una de las ventanas que daban a la calle. Una señora que
permanecía inmóvil frente a un tablero de ajedrez subió la vista y le saludó inclinando
discretamente la cabeza. ¿Se conocían? Valeriano correspondió al saludo, pero estaba
seguro de no haberla visto nunca.

Una vez en la habitación dejó las bol... ... el suelo, ... se ... y pasó
directamente al dormitorio para tumb... ... la cama. Necesitaba descansar un
momento, había sido un día muy ... ... quedó dormido sin darse cuenta. Y cuando
abrió de nuevo los ojos ya era ... ... ¿qué podía hacer ahora? Se quedó unos
minutos observando la lámpara que colgaba del techo. Cogió el teléfono y se arregló a le
subieran una docena de ostras, caviar y una botella de champagne. Demasiado
previsible, le fastidiaba, pero había sido lo primero que se le había ocurrido, lo más
obvio. Para él, gastar diez mil euros semanales no iba a ser tan fácil. Y qué podía hacer,

20

Muy a su pesar, Valeriano sintió que se rai... episo...de l... con... miga "na" se...ría c... una ...esta... plic... entre... y la... a Fra... l. Le ...odab... cer... que ...vita... ...ente ...ona... ...ntre... el... de compartir un secreto . Una de aquellas noches Ruth estaba en su rincón habitual del ...frent... ble... ...ientr... ...eria... ...dal ...ord... ...no. ...ués ...ntab... ...ué... ...ø... lo ...ent... ...da. ...ane... nos ...vánd... ...esd... ...a t... de ...ierta ...a. ...de ...una... vino en el jardín acompañando una buena cena. Ahora le apetecía un whisky antes de ...e a su ...ación. ...era lo ...que oc... ...ealment... ...r lo de... el lugar muy tr...llo, co... ...enas m... docena... ...sonas l... ...ndo en... ...rros. ...señora Fraenker encendió un cigarrillo ...centrad... ...me partid... ...leriano ...ecidió entrar.

...h Fraenk... ...a sentars... ...an cuan... ...gar, volvie... ...uida ...nción haci... ...o de ma... ...iano ton... en la butac... ...a ella y también se quedó mirando el juego. Un par de pequeñas luces ...ase... las ...ordena... del ...emaje donde había... ...caballo ...y y la ...on Fra... ...levant... ...za. N...s luc... ...ñalar ...o esc... allí l... ...sitó. ...quina... realiz... ...movi...to. A... ...era e... ...o de f... in er... ...no h... ...ngu... ...n. La movía sus manos con lentitud, como si lo hiciera bajo el agua. Parsimoniosamente, dio ...na d...a al p...sin ...de ati... ...a la p... El c...ro tr... Vale... el whisk... ...e hab...dido.

-Un...go d...no in...ne el ...he pareci...go ma...oso -...jo de repente la señora Fraenkel.

Va...no r...ndió n... limi... ...uchar...

En el ajedrez, continuó ella, uno tenía un control sobre el tablero del que carecía en la vida. Frente a las piezas, el razonamiento era frío, lógico, con reglas muy claras y sin incid...s impr...bles. ...l con...a, co...persen... ...un pe...mient... ...e es...tino no s...para r... Los e...ntos ...nstal...as qu... ...lían ...rse c... ...nfini de n...o mode... ...osibl... ...tend...nerl...los en... ...nta.

A Valeriano le recorrió un sudor frío. ¿Estaría hablando de él?, ¿de su pequeña...

VI

...ens, en efecto, estaban ya en la sala de... ...dose el
de... ...endo entre... ...Se unieron... ...con
parsimonia a lo largo de la mesa... ...voz Ribbon... ...
al... ...la per... ...mejor escoge... ...embargo
Catalina Goossens es... ...frente... ...mpidiéndole el
acceso a los croissants... ...le obligó... ...plano. La
tardanza de la argen... ...¿qué le
pasaba? Valentino... ...dedo la
mano del hombre que en aqu... ...coger un
par... ...demasi... ...un
redue... como un aper... ...
funció...y sin embargo... ...le a ciertos ánimos. En... ...ación,
había aprendido... ...
tra... ...de un... ...rse...
au... ...
ac... ...fin
com...roce... ...ento
al... ...con
pa... ...o dos
d... ...
... ...rentes
enfe... ...a relación
de... ...
... ...ns.
... ...ción.
Er... ...
gu... ...se va
... ...ir
... ...había

22

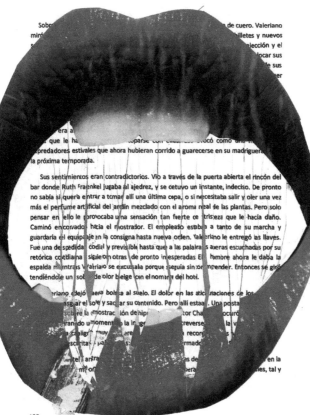

Sobr... de cuero. Valeriano
mir... billetes y nuevos
S... elección y el
... locar sus
... de sus
... er

...era a...
...que le ha... ...oparse con ... ...ocó como un...
...predadores estivales que ahora hubieran corrido a guarecerse en su madriguer...
la próxima temporada.

Sus sentimientos eran contradictorios. Vio a través de la puerta abierta el rincón del bar donde Ruth Fraenkel jugaba al ajedrez, y se detuvo un instante, indeciso. De pronto no sabía si quería entrar a tomar allí una última copa, o si necesitaba salir y oler una vez más el perfume artificial del jardín mezclado con el aroma real de las plantas. Pero solo pensar en ello le provocaba una sensación tan fuerte de tristeza que le hacía daño. Caminó encorvado hacia el mostrador. El empleado estaba a tanto de su marcha y guardaría el equipaje en la consigna hasta nueva orden. Valeriano le entregó las llaves. Fue una despedida cordial y previsible hasta que a las palabras suyas escuchadas por su retórica cotidiana siguieron otras, de pronto inesperadas. El hombre ahora le daba la espalda mientras Valeriano se excusaba porque seguía sin comprender. Entonces se giró tendiéndole un sobre de color beige con el nombre del hotel.

...riano dejó la bolsa al suelo. El dolor en las articulaciones de los...
...asgar el sobre y sacar su contenido. Pero allí estaba. Una posta...
...sobre la mostración de hipi... ...tor Cha... ...ocurr...
...irando un momento la imagen... ...everse... ...la v...
...a caligr... muy... are... ...recon...
...escrita y pala... s... ...rmad...

...tel antra... ...es de... ...en la
...mi or... ...era... ...les, tal y

138

termo
Imp

tos, y
empu
contex
ontinu
es modifica
es que es
con tu ento
o?

puestos

de reac
El aluc
especie
a. En a
una ru
una se
rvé, mi
es sel
nobiezi
a place
nozco alg
, escuch
ider
istar
o, esc
voca náv

la larga est

uben y a la señora. Goo

aprand
anny
er el va

miraba [...] a otra parte, marido y mujer, pa[...]o. Un
moment[...] [...]có fueran un matrimonio los mex[...]pa por
supuesto [...] [...]ecordó lo sucedido con los Goossens[...]ra muy
extraña D[...] [...]na esposa "normal"?, ¿a qué respo[...]icio? De
repente cr[...] [...]un descubrimiento. Se revolvió enti[...]Sería una
empleada? [...] [...]se era. Esa gente rica se movía así, [...]a. Alguien
discreto, co[...] [...]lado y en silencio. La atracción [...]dad..., por
supuesto que [...] [...]ido nunca nada así, para él era l[...]e la muerte
o la vida. No [...] [...]a enfermedad no se contempl[...]fermedad su
primer impuls[...] [...]sido alejarse, mantener una [...]ncial ante un
enfermo, aban[...] [...]como fuera posible un h[...]el día de unos
análisis, huir an[...] [...]a. Boca arriba en la oscu[...]os cerrados. El
[...]ilencio era com[...] [...]n de gente sana. Ger[...]No, Do[...]
[...]a ser la asist[...] [...]ues qué iban a hace[...]
[...]fueran ama[...]

41

Ac......... ....aba a la postal que Rubén utilizaba para enviarle las citas. ¿Se es **Modo Construir** o? Miró a Dolores.

En esta ocasión ella despertó y al **nuestra situación** cía sorprendida en absoluto de verle allí.

....i? Siento haberle hecho esperar —dijo-. Me gusta venir de ve. **Iniciar el juego** ...... Este ambiente tiene algo tan especial...

Valeriano se mostró sorprendido:

-¿Me esperabas? —preguntó. Probablemer **para qué?** el encuentro valiéndose de cualquier excusa.

ogo que le ayudara con esos dolores de cabeza terribles **ACTÚA** estaba en lo cierto. Ella no sabía nada de **Contra** arido.

-Este es el lugar más fascinante del hotel, ¿qué le parece? —La pregunta no esperó contestación, y tampoco las palabras que Valeriano tenía preparadas para confesar "el .... traron un hueco. Dolores se había puesto en pie y hablaba con **PAPÁ** es lo más importante **castigado** elius. Este es, ni más ni .... brazos en un gesto .... ete del primer doctor Cornelius

-¿Se imagina? Aquí se re... l........ s..... es ps........ res venidos d........ lu........ e........ ñ **AHORA** podían compa........ q........ te........ s ca........ bién tuvo sus visitas ilustres, no crea. **SOLO**

Se habían puesto a caminar a lo largo de la habitación y Dolores se paró frente a varias fotografías antiguas que colgaban de una pared.

-Rosa M........ olo, pasaba regularmente por aquí. Mire. -Le tendió una de las fotografi **miedo** ano observaba la imagen ella le aclaró:

-Era una .... nosa, austriaca, creo que inc **absoluto** ra de teatro. Teatro, un género del que Voltaire había afirmado que era un "asunto de testículos", ya ve.

Valeria **de la literatura** a colgarla.

mantenía una conversación sobre neuroestética emocional, fuera lo que fuera aquello. Frente a él, la señora Goossens se exhibía ante un hombre barbudo vestido con un traje color crema, a su lado George intentaba llamar su atención sin ningún éxito. Inesperadamente, la señora Fraenkel dejó caer su albornoz al suelo y se dirigió al borde de la piscina cojeando, después se lanzó al agua. Desde allí, apoyada en el bordillo, pidió a gritos que alguien le acercara una copa. Fue Dolores la que le llevó un vaso y se sumergió a su lado. [...] miró de reojo y ya la estaba imagin[...] por el fondo del agua con sus cabello[s] como algas en vaivén hipnótico cu[a]ndo la mex[i]cana, en efecto, se decidió [a] nadar un p[o]co. Ni siquiera los manotazos que [d]aba al ag[u]a iban al compás del movim[i]ento espas[m]ódico de sus piernas arqueadas. [D]olores ape[n]as sabía

Autorretrato

Enseguida volvió a formarse un revuelo alrededor del carrito. Enrique Moll mezclaba bebidas como si jugara con un kit de química. Todos parecían llenos de energía, mientras que Valeriano, por el contrario, se empezaba a sentir cada vez más débil. Temió desmayarse otra vez y cuando los Goossens se acercaron para conversar con él les

se rec⋯⋯ sobre el respaldo.

-Le r⋯ ⋯porta, usted dígamelo.

Corn⋯ ⋯ adoptó el tono de una conferenciante, hablaba lo más rápido que le e⋯

-En⋯ ⋯ilizan virus mutados genéticamente. En realidad no es más que e⋯ ⋯ gen que inactive al gen que nos interesa. Alterar el ADN de est⋯ ⋯rá a las demás células y, bueno, la analítica podría mostrar eso, s⋯ ⋯usted tiene son síntomas de una infección vírica. Algo compl⋯ ⋯caso.

-No⋯ ⋯mujer empezaba a resultarle exasperante. No

⋯ ⋯esto que me pasa pueden ser efectos secundarios de la inves⋯

-Si⋯

Va⋯ ⋯s se apresuró a añadir:

-Us⋯ ⋯iento –y tras un silencio, añadió:- ¿Está recibiendo su dinero con pur⋯

-Per⋯ ⋯ encuentro peor... ¿qué va a pasar? ¿Suspenderán el tratamiento? ¿Puedo ⋯ ⋯ne peor? ¿Me encontraré peor? ¿Qué pasa ahora conmigo? Valeriano ⋯ ⋯desplomado en la silla.

-Tran⋯ ⋯ve. Haremos una tomografía. –La doctora volvió a cogerle del brazo encaminár⋯ ⋯itamente hacia la puerta como solía hacer cuando daba por terminada la charla. S⋯ ⋯ora era suave, segura, reconfortante:

-Créam⋯ ⋯ano, cuanto menos sepa, mejor. Y no se preocupe por nada, que está controlado⋯ ⋯rigió a un armario y sacó de él una caja de medicamentos-. Tómese una pastil⋯ ⋯as cuando se encuentre mal. Si fuera necesario puede doblar la dosis. La caja ⋯ ⋯a el nombre de ningún principio activo ni de ninguna marca farmacéutica. Únicamente unas letras seguidas de unos cuantos números.

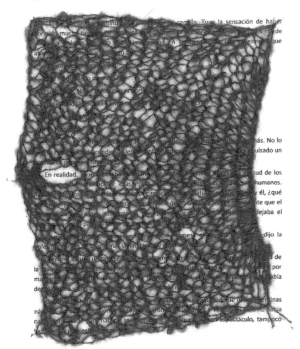

mentira?

-Uno en la vida se mueve a ciegas –añadió. Luego murmu~¹ [obscured] se de nuevo en la partida-: Y yo, además, que tengo problemas nerviosos...

Transcurrieron unos minutos en silencio tras los cuales la señora Fraenkel volvió a incorporarse para pedir al camarero otra copa de vino. Sus ojos estaban vidriosos y expectantes como si tuviera entre sus manos el destino de la humanidad y allí, bajo sus órdenes, se jugara t~d~ \/~l~~i~~ ~~ pudo evitar interesarse en cómo había adquirido aquella afición al aje~~...~~, ~~...~~~~...~~~~...~~~~.~~ directamente por ello. También era cierto, claro, que centrarse en el juego como tema de conversación le excusaba de tocar el "asunto compartido".

Ruth había aprendido a jugar gracias a su abuela paterna siendo una niña. Sin saber cómo, fue dejándose atrapar por ese mundo perfecto de los 64 escaques, volcándose cada día más en el est~ ~in de sus reglas y de partidas famosas. Sin embargo a sus padres

ı
j
ı
 ʃ

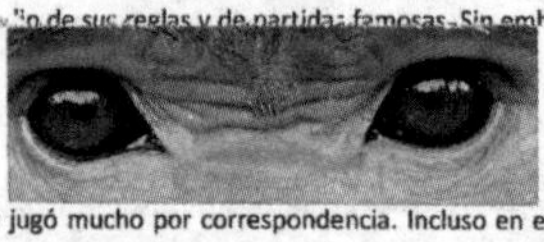

las sábanas, y también jugó mucho por correspondencia. Incluso en el colegio, durante las clases –aseguró-, analizaba partidas de memoria y practicaba el juego a ciegas. Se acostumbró de ese modo a jugar "sola", o al menos sin un contrincante físicamente sentado en frente, con la excepción de su ~~...~~ de negocios aficionado también al ajedrez, a quien por cierto co~~...~~ ~~...~~ando ella estudiante de doctorado.

-Pero solía ganarle, así que él era muy reacio a jugar conmigo –se rió-. En fin, ya ve, y ahora, después de siete años sin mover una pieza tras ~~...~~ ~~...~~lto al juego con fantasmas –dijo señalando el tablero ele~~...~~ ero así es, el ajedrez es adictivo, si empiezas... cuesta dejarlo.

El camarero le trajo la nueva copa de vino.

-También la enfermedad es un ~~...~~ ~~...~~no le narocə? ~l ~~...~~ o la miró sorprendido, ella continuó hablando sin esper~ ~~...~~ e refiero al peligro de engancharse a la enfermedad. La ~~...~~ ~~...~~ algún aspecto y luego no querer desembarazarse de ella.

38

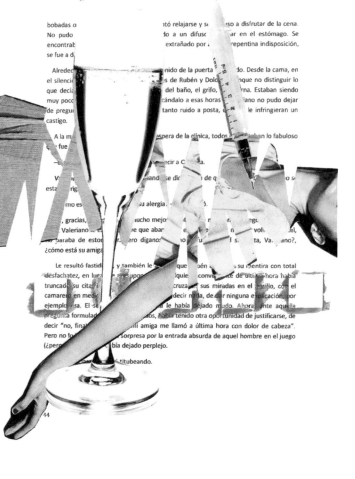

bobadas o ___ ntó relajarse y s___ ___so a disfrutar de la cena.
No pudo ___ ___do a un difuso ___ar en el estómago. Se
encontrab___ ___ extrañado por ___ repentina indisposición,
se fue a d___

Alreded___ ___nido de la puerta ___ ___do. Desde la cama, en
el silenci___ ___s de Rubén y Dolo___ ___nque no distinguir lo
que decía___ ___ del baño, el grifo, ___ ___na. Estaban siendo
muy poco ___ ___cándalo a esas horas ___ ___iano no pudo dejar
de pregu___ ___ tanto ruido a posta, ___ ___ le infringieran un
castigo.

A la m___ ___spera de la clínica, todos ___ ___an lo fabuloso
q___ fue ___

—___ ___ecir a C___ ___a.

V___ ___ ___and___ se dij___ ___ de q___ ___o s___
esta___ ___rig___

___mo es___ ___su alergia. —___ ___.

___, gracias, ___ ___ucho mejo___ ___ ___ ___ego___
Valeriano ___e ___ ___ve que abar___ e ___ ___n ___volv___ ___el,
___ ___araba de esto___ ___r___ ___ero díganos ___o ___u___ l s___ ___ta, Va___ ano?,
¿cómo está su amiga___

Le resultó fastidi___ ___y también le ___ ___que ___ ___én a___ ___su mentira con total
desfachatez, en lug___ ___ ___upon___ ___lquie___ ___ conve___ ___te de últi___ ___hora había
truncad___ su cita___ ___ ___cruza___ ___sus minadas en el ___ ___illo, co___ el
camare___ en medi___ ___ ___decir n___da, de d___r ninguna explicación, por
ejemplo___ esa. El s___ ___ le había dejado m___do. Ahora ___ ___nte aquella
pregu___ta formulad___ ___os, había tenido otra oportunidad de justificarse, de
decir "no, fina___ ___mí amiga me llamó a última hora con dolor de cabeza".
Pero no l___ ___ ___orpresa por la entrada absurda de aquel hombre en el juego
(¿pero ___ ___bía dejado perplejo.

___ ___titubeando.

44

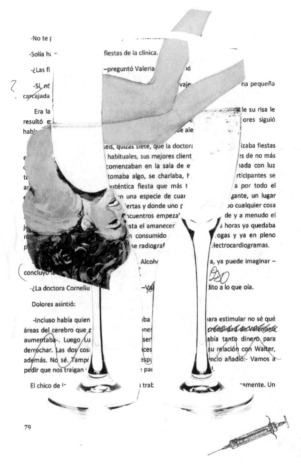

-No te p

-Solía ha ~   fiestas de la clínica.

-¿Las fi   —preguntó Valeria

-Sí, no   vaje   na pequeña
carcajada

Era la   le su risa le
resultó e   ores siguió
habl   de ale

seis, quizás siete, que la doctor   izaba fiestas
habituales, sus mejores client   es de no más
comenzaban en la sala de e   nada con luz
tomaba algo, se charlaba, h   rticipantes se
uténtica fiesta que más t   a por todo el
n una especie de cuar   gante, un lugar
ertas y donde uno p   o cualquier cosa
cuentros empeza   de y a menudo el
sta el amanecer   s horas ya quedaba
n consumido   ogas y ya en pleno
se radiograf   lectrocardiogramas.

Alcoh   a, ya puede imaginar —
concluyó

-¿La doctora Corneliu   -V   dito a lo que oía.

Dolores asintió:

-Incluso había quien   iba   ara estimular no sé qué
áreas del cerebro que   nes   credibilidad de Valeria
aumentaba-. Luego Lu   ser   abía tanto dinero para
derrochar. Las dos cosa   ces   su relación con Walter,
además. No sé. Tampo   esp   ncio añadió:- Vamos a
pedir que nos traigan   pa

El chico de l   trab   amente. Un

79

Dicen que un sentimiento que no se *expresa se muere*, pero yo/no dije nada.

Es inútil el esfu... ...ética mentira.)
Tb: Tanta... ...as dentro de mí,
las d... ...le límites difusos y
por... ...como barrera, el
ca... ...mi dentro..
...mundo para dejarlos
solos c... ...mundo nos puede unir
a ellos s... ...ndo que asusta por su
fuerza... ...que les hemos
hecho.
Por es... ...alrededor. Hermanas,
compañer... ...s quer... ros!
No... ...nes desde el
... ...tiempo, ni la
ch... ...eas de trabajo.
... ...luego no continuó
... ...n sexo)

El
micado

Cu...
...ela a nati... ...pasil...
...bservar... ...te...

...H... ...a...
...escapaba...

—¿Le gusta? ...
médicos... ...
resultado ...
abstracto...
cicatriz de...

Valeria...

...la

...ene
...decir ...zaro
...lo q... ...id...

...ne...se de...gu... ...Piénselo
...en... ...no...se...cede... ...n tipo de
...un... ...ori...
mai...

—Y a e... ...dec...
ver los col...

...biante y la enfermedad no
...la...a... en una butaca y ella rodeó la
...imposible... desde luego es permanecer sano,
...loquece cuando una prueba no marca los valores

(4)

V▮▮▮▮▮▮▮▮▮▮▮▮▮▮▮▮▮mbona que un empleado del hotel dispuso en un e▮▮▮▮▮▮▮▮▮▮▮▮▮▮▮▮▮▮▮▮recía un a▮▮rno▮ y u▮ toa▮▮. N▮ ▮ie▮ ▮ost▮ó sorp▮▮▮▮▮▮▮▮▮▮▮▮▮▮▮▮▮▮▮de ▮i▮a, actua▮ron ▮ome▮ se ▮tar▮ de a▮▮o h▮ritu▮l. Tan ▮▮▮▮▮ ▮▮▮▮▮▮intercambiaron algunas mi▮ada▮ d▮ re▮ ▮oci▮ ien▮ ▮ lud▮s sobr▮▮▮▮▮▮▮▮▮▮▮▮▮▮▮▮al ate▮ ión ▮ ro▮ ▮o d▮ ube▮ pé▮ ▮és▮ ▮ue▮el únic▮▮▮▮▮▮▮▮▮▮▮▮▮▮

Al ▮▮▮▮▮▮▮▮▮▮▮▮▮▮▮▮▮bona c▮n u▮▮ ta▮ ▮de ▮ ▮en l▮ ma▮▮ u▮ pa▮ ▮a en l▮▮▮▮▮▮▮▮▮▮▮▮▮▮▮▮▮cia de t▮da▮ ▮ue▮ ▮ ▮en▮ ▮ que▮ ▮ ro▮ ▮ab▮ ▮ co▮ ▮o un c▮▮▮▮▮▮▮▮▮▮▮▮▮▮▮nuevo con▮ ▮to▮ ▮ ▮s p▮ ▮nas▮ ▮e E▮ ▮ que▮ en▮ ▮n un ▮▮▮▮▮▮▮▮▮▮▮▮▮▮▮▮▮ inquietantes línea▮ ▮zu▮ ▮. El▮ ▮ ▮ad▮ de▮ ut▮ ▮ej▮ ▮a sus blancos brazos y muslos de may▮ ▮yor al aire▮ ▮mbi▮ n C▮talin▮, en b▮ña▮ ▮ b▮jo su ▮▮▮▮▮▮▮▮ entreabierta, mostraba sus huesudas y arrugadas rodillas. Sobre los hombros de ▮▮▮▮▮▮▮▮▮▮▮▮▮▮▮▮▮▮▮ y lunares. La trina de Georgie, allí en el agua, al ▮▮▮▮▮▮▮▮▮▮▮▮▮▮▮▮▮ e sus plieg▮es. Eran carne y venas, verrugas y cic▮▮▮▮▮▮▮▮▮▮▮▮▮▮as de colores enfermizos. Pero se adaptaron al ca▮▮▮▮▮▮▮▮▮▮▮▮▮▮o de cuerp▮▮▮▮▮▮▮▮▮▮▮▮▮▮▮ pla▮▮▮▮ y bi▮▮▮▮▮▮▮▮▮▮▮▮▮ardín y el sonido del agua propiciaban un reducto h▮▮▮▮▮▮▮▮▮▮▮▮▮la uno era ▮▮▮▮▮▮▮▮▮▮ ▮ ▮arm▮ ▮ ▮ para proporcionarse la ▮▮▮▮▮▮▮▮▮▮▮▮▮e atravesaba las hojas de tres grandes magnolios y és▮▮▮▮▮▮▮▮▮▮▮▮▮▮naban te▮▮▮▮▮▮▮▮▮▮▮▮▮▮▮▮▮▮an d▮▮▮▮▮▮▮▮▮▮▮▮▮▮o termin▮ ▮ ▮ ▮ ▮y ▮e ▮ ▮costó ▮▮▮▮▮▮▮ ▮ó lo▮ ▮▮▮▮▮▮▮▮▮▮▮▮▮▮▮ páginas de un libro y vio que, ▮▮▮▮▮▮, Ruth ▮ ▮▮ entre sus manos un volumen, no podía distinguir el título desde donde estaba pero sí el autor, Arthur Schnitzler. En realidad, en aquel lugar no se leía. De vez en cuando un libro, alg▮ ▮ re▮ ▮ ▮. D▮ ▮ront▮ ▮ ▮ep▮ ▮ co▮ asomb▮ ▮ ▮n ▮ ▮ ▮no ▮ ▮ ▮ía ▮ ▮ ▮ un ▮ ▮ peri▮dico de ▮ ▮ qu▮ ▮abí▮ ▮legad▮. Ni ▮ la ▮ recepci▮ ▮ de▮ ▮ ot el ▮ ▮ e▮ ▮ bar ▮ ▮ ▮ on ▮ ▮n de ej▮ ▮ ▮ar▮ ▮ari▮ ▮ ▮ara ▮ clie▮ ▮ ▮s. ▮ ▮mpoc▮ ▮ ▮ ol▮ ▮a ni▮ ▮ ▮n ▮ ▮ o de ▮ ▮nsa▮ ▮or la ca▮ ▮ ¿La ▮ ▮ otici▮ ▮ onli▮ ▮ A ▮ ▮ep▮ ▮ on de ▮ ▮ ▮ hi▮ ▮ n si▮ ▮ de ▮ ▮ ▮as ▮ ▮ ▮a s▮ ▮la de aq▮ ▮las p▮ ▮ona▮ ▮ red▮ ▮isp▮ ▮r d▮ ▮ ningú▮ ▮ ▮o ▮ ▮ disp▮ ▮ ▮tiv▮ ▮ acce▮ ▮ internet. Es▮ ▮ s, e▮ ▮ s ha▮ ▮ ▮ cio▮ ▮ no ▮ ▮ bía ▮ ▮i televi▮ ▮ ▮ ni ▮ ▮dio. ▮ ▮ los ▮ ▮ ▮ ▮n si▮ ▮ ▮er ▮ ▮o que oc▮ ▮a a▮ ▮ ▮uer▮ ▮ a d▮ ▮ ▮po▮ ▮ ▮ qu▮ ▮ por de ▮ ▮ ▮ór▮ ▮ ▮pia. ▮ ▮ ▮ co▮ ▮ ▮n dí▮ ▮ ▮ qu▮ Ruth al▮ ▮ ▮ a ▮ ▮ proc▮ ▮ ▮ s j▮ ▮ ▮ial▮ ▮ ▮bie▮ ▮tos so▮ ▮ ▮ lla ▮ ▮ adu▮ ▮ arg▮ ▮ ▮ a y ▮ ▮ ▮nic▮ que co▮ ▮ ▮uió ▮ ▮ un ▮ ▮ o d▮ ▮ xtra▮ ▮ ▮ea ▮ ▮ or part▮ ▮ t▮ ▮ el gr▮ ▮o, ▮ ▮ ▮ si ▮ ▮ ▮bieran de qu▮ ▮stab▮ ▮ ▮bla▮ ▮ ▮o l▮ ▮ ▮nsid▮ ▮ ▮ra▮ ▮ fuera ▮ ▮ ▮ga▮ ▮▮

En la piscina, durante la ceremonia del té, la conversación era lánguida y se

Cuando volvió a escucharse el latido del corazón éste tenía otro registro: era una nota
más

un s
No, r
siend
que
prog

músi
asom
toda

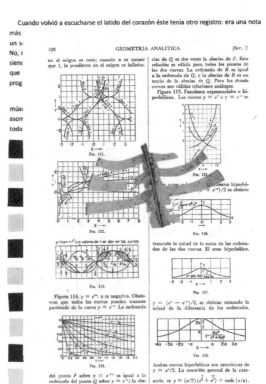

108   GEOMETRIA ANALITICA   [Sec. 2

en el origen es cero; cuando n es menor que 1, la pendiente en el origen es infinito.

cisa de Q es dos veces la abscisa de P. Esta relación es válida para todos los puntos de las dos curvas. La ordenada de R es igual a la ordenada de Q, y la abscisa de R es un tercio de la abscisa de Q. Para las demás curvas son válidas relaciones análogas.

Figura 115. Funciones exponenciales e hiperbólicas. Las curvas $y = e^x$ e $y = e^{-x}$ se

Fig. 111.

Fig. 115.

coseno hiperbó-
$+ e^{-x})/2$ se obtiene

Fig. 112.

$y = \cos x$. Los valores de n se dan en las curvas

Fig. 116.

tomando la mitad de la suma de las ordenadas de las dos curvas. El seno hiperbólico,

Fig. 113.

Figura 114. $y = e^{nx}$, n es negativo. Obsérvese que todas las curvas pueden trazarse partiendo de la curva $y = e^{-x}$. La ordenada

Fig. 117.

$y = (e^x - e^{-x})/2$, se obtiene tomando la mitad de la diferencia de las ordenadas.

Fig. 114.

del punto P sobre $y = e^{-5x}$ es igual a la ordenada del punto Q sobre $y = e^{-x}$; la abs-

Fig. 118.

Ambas curvas hiperbólicas son asintóticas de $y = e^x/2$. La ecuación general de la catenaria es $y = (a/2)(e^{\frac{x}{a}} + e^{\frac{-x}{a}}) = \cosh (x/a)$.

69

por el moño blanco y los largos dedos que sostenían un vaso
de ____ agua ____ ante que llenaba el pequeño habitáculo
le hizo p____ Afortunadamente Catalina mantenía los
ojos cerrados y no p____

Un enfermero le condujo aqu____ as de luz y sombra se
sucedieron escurriéndose por el ____ Valeriano intentó ignorar
ese movimiento hipnótico que ____ se dio cuenta de que
estaba ligeramente borracho. Al ____ el enfermero le dejó
en manos de una técnico.

—Desnúdese de cintura para ____ de poner a punto un
monitor conectado a varios c____

—Túmbese en la camilla.

La luz principal ____ iada por una tenue
iluminación. En aqu____ lo, le fue poniendo
adhesivos por el ____ c, fue aplicándole un
aparato untado ____ corazón.

De pronto ____

Era un ____ su corazón. Sería fantástico como
base para la ____ pensó. Monton____ vibrando en la pista de un
club al com____ s.

Sin ____ primer en____ uró poco. Enseguida pasó a sentir
desasosiego ____ la
misma manera que soñaba ____ detenerse. La ____ mecanismo
aterradora. Se pregunt____ ____ uerte tras ____ razón
su mente se apagaría poco a poco o también de golpe. Y de darse el primer caso, ¿sería
como una subida o como una bajada?, ¿sería más parecido a la reacción ante un susto o
a la reacción ante una incontrolable sensación de sueño?

____ a habitación se hizo el ____ nico hab____ to. Luego volvió a
____ ás abajo, contin____ a la p____ En esta ocasión
apretó el dispositivo con fuerza contra su cuerpo, girándolo ____ tornillo contra el
espacio entre dos costillas. El dolor empezaba a ser intenso porque apretaba el hueso.

...ntró en su cama. ¿Cómo había llegado hasta
...y donde de Dolores? No se acordaba de nada. Lo último de lo
tenía conciencia era de la ma... ...bez... mientras él estaba
...ado en el diván, escuchando... ...érgica ...es... ¿no
...ucedido nada "malo", o s... ...que ...ógrafo
...o? Le preocupaba no se... ...su ha... Si no
e... ...de recordar eso, quizá... ...o que ...sado
en ... ...e por muy brutal qu... ...le un te... ...nía
la me... ...nco. No había suc...

De lo... ...er... ...de tumba
diván. Aquel... ...ve... ...de Dolores
que no había experi... ...nu... La sonrisa
durante el ataque también podía rememorarla con claridad. Después el sudor y el r...
la vergüenza y... ...tal con la caricia de sus dedos.

La memoria... ...la s... ...cia funcionaba como... ...aba
fuerza. Dolores, Dólores sin sangre... ...or ent... ...or. ...uó
Importancia que estuviera casada, menos aún cuando el objetivo de su marid...
divorci... ...día ahora en un objetivo compartido. En su objetivo. Si todo...
lo m...mo, razón... ...ifícil hacer... ...inclin...
direc...ión.

Aquella m...ñana se detuvo frente a la fachada de la clínica... ...él la
proy...cción del sueño de Raphael Cornelius. De repente una punza... ...lud... en le
hizo doblarse involuntariamente. Hubo dos, tres segundos de... ...n lo... ...e se
incor...oró, confuso, y despué... el mismo dolor punzante... ...tra vez. Caminó
encorvado y entr... ...s... ...ia, s... ...ería pasaje...o. Iba a
encontrarse con ella y sentía las co... ...en el ... ...azadas con el dolor.
Cuando llegó a la sala... ...odavía le temblaban la... ...temía que el pinchazo

Al fondo, en su mesa, sólo... ...con un... que... ...drez de bolsillo dispuesto
sobre... ...odillas... ...ue hacia ella y se sentó a... ...lado...

los comparte.

Ante el comentario de su hijo, G...

-Todos es...
compartimos, ...ros.
Qué vamos a h...

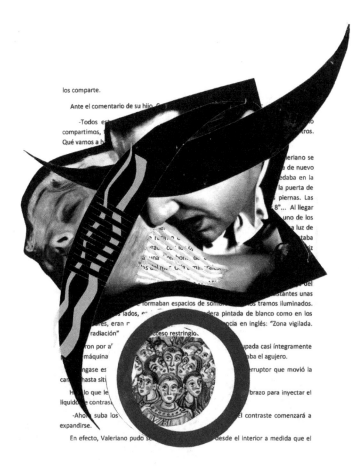

...eriano se
...e de nuevo
...edaba en la
...la puerta de
...piernas. Las
...8"... Al llegar
...uno de los
...a luz de
...taba
...iz
...

...el
...stantes unas
...formaban espacios de somb... ...os tramos iluminados.
...s lados, e... ...dera pintada de blanco como en los
...res, eran r... ...ncia en inglés: "Zona vigilada.
...radiación" ...cceso restringido...

...ron por a'... ...upada casi íntegramente
...máquina ...aba el agujero.
...ngase es ...rruptor que movió la
...hasta sit...
...lo que le ...brazo para inyectar el
líquido... ...e contras...
-Aho... suba los ...El contraste comenzará a
expandirse.
En efecto, Valeriano pudo s... ...desde el interior a medida que el

-No parece muy convencido.

Rubén parecía tener ganas de divertirse a su costa.

-Sí, muy bien. Fue una fiesta magnífica –aseguró Valeriano, casi con rabia. Miraba a Rubén sin comprender realmente qué pretendía, qué estaba buscando ese hom… e-. Perdonen … ijo, y se dispus… a abandonar la sala de desayuno.

…eorge, … e se d…gía a … a mesa del bufet en ese momento, le acompañó u… pas…s. …ánd… brazo …obre … s hombros susurró, cómplice:

-El se… s lo m…s impo…tan… … a que sí. El sexo es lo más impo…ta… y se lo … go y… que s… …sexuad…

Aque… mañana las p…ebas me… …as le re… …aron insoportables… …orque … …ran … … …esa… …ab… …no p… qu… … …ía levantado con …… … …o como la …che…

…esa fragilida… … …contraba a… … …eñora … …ron a otra habi… …ión donde le indicaron tumbarse de … …asión boca ab…… Del tronco de la máquina salían dos brazos mecánic… …ue iban girando a su alrededor. Se detenían y sonaba un pitido: piiiiiiii, al que seguía una especie de claqueteo: clac clac clac. La secuencia terminaba con un zumbido y se repitió varias veces. Los brazos volvían a ponerse en marcha, se deslizaban despacio hasta alcanzar otra posición y se paraban: piiiiiiii. Clac clac clac. Zzzzzzzzz. Otra vuelta y otra. Y otra.

Necesitaba tomar el aire y a la salida paseó sin rumbo fijo. Sin darse cuenta, en lugar de seguir en línea recta hacia el centro, en algún momento giró a la derecha y comenzó a descender la colina hasta que se encontró transita…do por calles desconocidas. Tras más de media hora de c… … … …ejos de la zona turística. El país… … e … … …o tiempo. Su… … … … …s en un cartón. Se sintió muy cansad… … … … un viejo bar. No e… … …r…

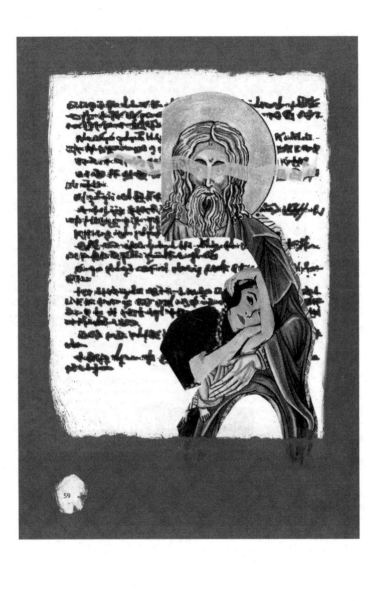

59

tremendo, y las sillas metálicas estaban ardiendo. Cuatro arbustos polvorientos no conseguían separar las mesas del humo de los coches que transitaban a un palmo por la carretera. Sin embargo estaba bastante concurrida, era la hora del aperitivo y algunos grupos de jóvenes compartían vasos gigantes de cerveza. También grandes familias con niños llorando celebraban aniversarios o cumpleaños. Las voces de todos ellos le resultaban difícilmente soportables. Era como si estuvieran gritándole al oído. Le iba a estallar la cabeza. Pidió una botella de agua y una aspirina. En cuanto el camarero desapareció por la puerta del bar en busca de su pedido, como de la nada un aluvión de personas vendiendo algo. Con los ojos cerrados fueron menos insistentes, pero a él le atosiga intentando comprarle un boleto de lotería, unos pañue... pero un perro... dió unas hojas atadas con un cordel... ilustrado. La mano con que... no supo qué hacer... ofusca... cir nada. En la p... las, una murmuraba... boca... de la familia de a... agua y la aspirin... a la call... cortan... la c... con... roton...

ti... resa y d... pen... algún lugar. Cua... al... pudo oculta... bro ni tamp... inc... ico. Empujó con fuerza la puerta, pe... guió moverla. ... emp... marcha atrás haciendo que el mecanismo girara en dirección contraria, dejándole de nuevo a él en el vestíbulo y a Valeriano en la calle. Éste se quedó en medio de la acera, atónito, sin comprender todavía qué había sucedido y cuál podía ser el motivo. Rubén salió rápidamente y se plantó a su lado:

—Necesito hablar con usted. Iré a verle mañana por la tarde. A las 7 en su habitación —

46

melodía. Además, he comenzado a estudiar piano. (¿No aprendió Sócrates a tocar la lira [...] esperaba la sentencia que lo condenar a? dos minutos que le separaban de la

[...] cuando abandone la [...] quedar otros cuarenta años de vida" tuve que repetírmelo [...] cuarenta años más". Me sorprendí. Tanto me había mimetizado con la piedra. La solidez de la piedra, sí, frente a la tierra suelta, [...] que puede deslizarse, agrietarse, encharcarse, en fin, la tierra viva [...] La enfermedad no es sino una [...] poco el cuerpo es seguro.

[...] tiempo en darme cuenta de que aquel lugar que me empeñé en [...] era un suelo duro, estéril, y que daba lo mismo lo poco o mucho [...] de mi espíritu porque su textura recia era impermeable a cualquier [...] una idea [...] que se [...] inestable, al borde de un precipicio que ninguno queríamos mirar.

[...] despreocupada, empeñada en [...] con el sonido del ascensor y las voces que se alejan, para salir solo después de [...] ido. De pronto es el contacto con el mundo rozándome como [...] ña. Hay cosas e [...] todos allí éramos pue [...] y a cada uno [...] darle igual lo que hab [...] bía tras las otras [...] me importaba yo, pues [...] yo tampoco [...] con nadie, si esto es c [...] mos tanto tiempo y nos hicimos daño) xxxme vi [...] sucedió en realidad a un nivel tan superficial como el [...] esidad p. de abrirla. ¿Se desarrolló todo en esa mujer... esto no tiene mucho interés. Son reproducciones, mujeres... Se trata de otra Brouillet, la clase sobre hipnosis del doctor Charcot. Estos cuadros... originales... puede verse en el Museo de historia de la Medicina en París. No sé si he tenido la oportunidad...

—A Valeriano le pareció que Dolores se había puesto nerviosa. Hablaba atropelladamente:

—Charcot implantó el uso de la electricidad estática en medicina. Hoy se sigue empleando. Y es divertido porque hay, o al menos había, un anuncio junto al cuadro que informaba que la compañía Philps se había hecho cargo de su restauración —se rió—. ¿Qué le parece? La verdad es que ese museo es una sala impresionante con la mayor colección de instrumental quirúrgico desde el siglo XVII. Tienen un kit de amputación, un kit de trepanación...

Valeriano parecía haberse quedado atrapado por otro pensamiento. Dolores, que estaba a punto de guardar la postal y cerrar el cajón, se dio cuenta, y se dispuso a recuperar su atención poniéndola de nuevo ante sus ojos y señalándole la imagen:

—El componente erótico en todo este tipo de sesiones era evidente, mire —deslizó su dedo índice por la figura de la mujer a la derecha de la pintura—. No sólo es la imagen de esta mujer que Charcot está tratando en ese momento, con el hombro desnudo, el corpiño medio caído, y ella doblada hacia atrás como si se ofreciera por completo al doctor. Mire aquí —ahora arrastró el dedo hacia el extremo izquierdo del papel— este cuadro que cuelga en la pared. ¿Lo ve? Es una mujer con el cuerpo arqueado en una postura claramente sexual. —A Valeriano volvía a acelerársele el pulso. De hecho los médicos practicaban tocamientos para sanar a "las enfermas", se trataba de la comprensión de los ovarios o la introducción de dedos en la vagina. —Dolores devolvió finalmente la postal al cajón y lo cerró con un golpe seco. De inmediato abrió otro. El origen de la histeria femenina se situaba en los ovarios. Hay muchos gráficos de la época sobre los genitales de las mujeres...

Mientras revolvía algunos libretos del nuevo compartimento abierto, Valeriano, entre excitado y confuso, se atrevió a preguntar:

—Pero este lugar... ¿cómo es que tienes las llaves? ¿Quién tiene acceso a esta habitación?

Dolores pareció no tener ninguna respuesta. Tardó en contestar.

—Bueno, entre tú y yo la verdad es que Evelina... amistad de muchos años. Una relación de hermanas, realmente, más de lo que... ¿... —Por fin pareció encontrar las palabras. Como te he dicho, me gusta venir aquí a solas, desde el día en que me lo

101

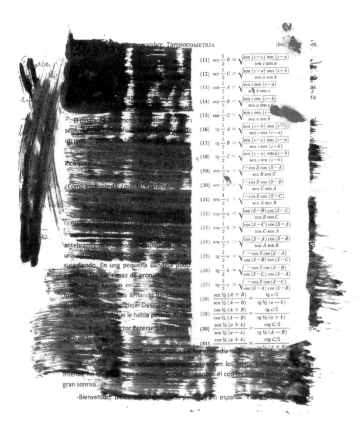

(11) $\operatorname{sen} \frac{1}{2} B = \sqrt{\dfrac{\operatorname{sen}(s-c)\,\operatorname{sen}(s-a)}{\operatorname{sen} c \, \operatorname{sen} a}}$

(12) $\operatorname{sen} \frac{1}{2} C = \sqrt{\dfrac{\operatorname{sen}(s-a)\,\operatorname{sen}(s-b)}{\operatorname{sen} a \, \operatorname{sen} b}}$

(13) $\cos \frac{1}{2} A = \sqrt{\dfrac{\operatorname{sen} s \, \operatorname{sen}(s-a)}{\operatorname{sen} b \, \operatorname{sen} c}}$

(14) $\cos \frac{1}{2} B = \sqrt{\dfrac{\operatorname{sen} s \, \operatorname{sen}(s-b)}{\operatorname{sen} a \, \operatorname{sen} c}}$

(15) $\cos \frac{1}{2} C = \sqrt{\dfrac{\operatorname{sen} s \, \operatorname{sen}(s-c)}{\operatorname{sen} a \, \operatorname{sen} b}}$

(16) $\operatorname{tg} \frac{1}{2} A = \sqrt{\dfrac{\operatorname{sen}(s-b)\,\operatorname{sen}(s-c)}{\operatorname{sen} s \, \operatorname{sen}(s-a)}}$

(17) $\operatorname{tg} \frac{1}{2} B = \sqrt{\dfrac{\operatorname{sen}(s-c)\,\operatorname{sen}(s-a)}{\operatorname{sen} s \, \operatorname{sen}(s-b)}}$

(18) $\operatorname{tg} \frac{1}{2} C = \sqrt{\dfrac{\operatorname{sen}(s-a)\,\operatorname{sen}(s-b)}{\operatorname{sen} s \, \operatorname{sen}(s-c)}}$

(19) $\operatorname{sen} \frac{1}{2} a = \sqrt{\dfrac{-\cos S \, \cos(S-A)}{\operatorname{sen} B \, \operatorname{sen} C}}$

(20) $\operatorname{sen} \frac{1}{2} b = \sqrt{\dfrac{-\cos S \, \cos(S-B)}{\operatorname{sen} C \, \operatorname{sen} A}}$

(21) $\operatorname{sen} \frac{1}{2} c = \sqrt{\dfrac{-\cos S \, \cos(S-C)}{\operatorname{sen} A \, \operatorname{sen} B}}$

(22) $\cos \frac{1}{2} a = \sqrt{\dfrac{\cos(S-B)\,\cos(S-C)}{\operatorname{sen} B \, \operatorname{sen} C}}$

(23) $\cos \frac{1}{2} b = \sqrt{\dfrac{\cos(S-C)\,\cos(S-A)}{\operatorname{sen} C \, \operatorname{sen} A}}$

(24) $\cos \frac{1}{2} c = \sqrt{\dfrac{\cos(S-A)\,\cos(S-B)}{\operatorname{sen} A \, \operatorname{sen} B}}$

(25) $\operatorname{tg} \frac{1}{2} a = \sqrt{\dfrac{-\cos S \, \cos(S-A)}{\cos(S-B)\,\cos(S-C)}}$

(26) $\operatorname{tg} \frac{1}{2} b = \sqrt{\dfrac{-\cos S \, \cos(S-B)}{\cos(S-C)\,\cos(S-A)}}$

(27) $\operatorname{tg} \frac{1}{2} c = \sqrt{\dfrac{-\cos S \, \cos(S-C)}{\cos(S-A)\,\cos(S-B)}}$

(28) $\dfrac{\operatorname{sen} \frac{1}{2}(A+B)}{\operatorname{sen} \frac{1}{2}(A-B)} = \dfrac{\operatorname{tg} c/2}{\operatorname{tg} \frac{1}{2}(a-b)}$

(29) $\dfrac{\cos \frac{1}{2}(A+B)}{\cos \frac{1}{2}(A-B)} = \dfrac{\operatorname{tg} c/2}{\operatorname{tg} \frac{1}{2}(a+b)}$

(30) $\dfrac{\operatorname{sen} \frac{1}{2}(a+b)}{\operatorname{sen} \frac{1}{2}(a-b)} = \dfrac{\operatorname{ctg} C/2}{\operatorname{tg} \frac{1}{2}(A-B)}$

(31) $\dfrac{\cos \frac{1}{2}(a+b)}{\cos \frac{1}{2}(a+b)} = \dfrac{\operatorname{ctg} C/2}{\operatorname{tg} \frac{1}{2}(A+B)}$

—El despacho del doctor C...
septiembre...
un puente...

...el doctor...
incorporó...
...

¿Cómo está usted? ¿Qué le trae...

...antebrazo con un gesto... aparato... sonr...
una...
sucediendo. En una pequeña bandeja pudo...
...no ha sido capaz de pronunciar palab...
centímetros del tiempo en...
...cinco una llenando los...
...bandeja. Desde...
una puerta... que le había pu...

...doctor Petersen...
...

...entendía nada...

...esperaba... en los labios... tiempo
intenso, hasta... lanzó sobre él con... extendió...
gran sonrisa.

—Bienvenido, bien... pocas palabras en español... las

XIII

Aquella tarde alguien introdujo un so[...]
debajo de la puerta de su habitación. Co[...]
cenar. A las 7 en Flamingo Restaurant. Hagan[...] le
cien. Por la otra cara, la postal reproducía una p[...]
clínica de Charcot en la Salpêtrère (1887). ¿Iría[...]
contar el dinero. Mil euros. No estaba mal para u[...]
todo no le comprometía a nada, y ya empezaba a[...]
furtivo.

El taxi[...]ó f[...]e a un moderno hotel ubicado en un e[...]
ciudad. [...] el piso 14º. Cuando el encarga[...]
ya hab[...] la muj[...] Rubén sentada en una mesa del for[...]
Sin [...]argo, después de saludarla se quedó algo desconc[...]
dis[...] para dos. Per[...]ó de pie[...] deseando que Rubén no[...]
ba[...]e donde qui[...] uviera y deshi[...] usión.

[...] de mane[...] educad[...] e invitó a se[...]
que [...] speraba y de[...]i la situació[...]iano continuó d[...]
e[...]mbos pregu[...]
tie[...]

Requisitos del sistema

Empaquetar solares o familias

-¿Ha quedado con alguien[...] su[...]

La coincide[...]ia[...] previsible. Los [...]
estar m[...]tos.

Modo Vivir

-Yo[...]e s[...]

-Le[...] esperando. No[...]

Opciones de juego

V[...] confirmó que ella no co[...]. En es[...]
mexican[...] invitó por fin a sentars[...] Ir de aquí hasta all[...]ría ce[...]
asiento y aceptó la invitación. Un dis[...]ntra[...]
móvil de Dolores. Después de leerlo, se dirigió a Valeriano[...]
comenzó a teclear la respuesta con gesto inexpres[...]
Valeriano, observándola, no era capaz de imaginar q[...]

60

con vergüenza y las ⬦⬦⬦s salían de su boca con dificultad. Con Dolores las cosas no ⬦⬦⬦⬦⬦⬦⬦⬦ ⬦⬦⬦ regab⬦ ⬦⬦edos insistentemente por los bordes de su vaso de whisky ⬦⬦re la m⬦ ⬦⬦⬦ ⬦⬦⬦ ⬦⬦za que a causa de la presión terminó volcándolo. El ruido del golpe re⬦ ⬦⬦⬦ ⬦ ⬦ cab ⬦ ⬦e Valeriano con ⬦na potencia terrible. Se alejó confundido hasta el bañ⬦ ⬦⬦⬦nde⬦ una toa⬦⬦ ⬦⬦zación p⬦ara secarlo todo. Durante el proceso, Rub⬦ ⬦⬦ abía

-La rutina ⬦⬦ tá ma⬦

Ahora ⬦⬦ ⬦aleriano ⬦⬦ba de ⬦ ⬦⬦ ⬦⬦o ⬦ el olor a alcohol, por la toalla en ⬦ ⬦⬦a a un la⬦o de la m⬦ ⬦⬦ ⬦⬦uía⬦

-⬦⬦ ⬦ue se necesita⬦⬦ ⬦⬦s extern⬦ ⬦⬦ ven⬦ ⬦r el curso de las cosas. ⬦ ⬦iende?

No, ⬦⬦ ⬦⬦⬦⬦eriano no entenc⬦⬦ ⬦én vol⬦⬦ ⬦arga. Su discurso iba a la deriva, movido por extraños impulso⬦ ⬦a veces ⬦⬦ ⬦cían sentir⬦⬦ orgulloso de sí mismo y otras veces le hacían re⬦ ⬦⬦der avergonzado. V⬦⬦ ⬦⬦o terminó ⬦e entender qué pretendía consegui⬦ ⬦ él hasta que el ⬦⬦ ⬦ se p⬦⬦ en pie y ⬦ preguntó: bueno, entonces qué ⬦ ⬦ice. De pronto ⬦ ⬦⬦mprendió todo ⬦⬦bía esta⬦ hablando de su mujer y le habí⬦ ⬦mado a él ⬦ ⬦a invitara a salir, a l⬦ ⬦⬦ r con ell⬦ Valeriano había supuesto que t⬦ ⬦ ⬦⬦an sino rodeos, circunl⬦ en los que había entrado llevado por los nervios antes de abordar el auté⬦ ⬦⬦a —por un momento pensó que su acuerdo económico con la clínica-, pero re⬦ ⬦ue no, que el tema era ese. Aliviado, preguntó:

-¿Me está insinuando que me pagaría por salir de vez en cuan⬦ ⬦ su mujer?

-Eso es —contestó Rub⬦⬦ aho⬦ ⬦⬦ndo la barb⬦ ⬦⬦omo si estuviera a⬦ un insecto-. Ya le digo ⬦⬦ ⬦blema.

-No he dicho que ⬦

-¿Por qué no ⬦

-El dinero⬦

Valer⬦ ⬦⬦ ⬦itua⬦⬦ón económica le ponía nervioso, de maner⬦ ⬦⬦ ⬦⬦⬦en⬦ ⬦⬦ ⬦⬦ resp⬦esta. Rubén, por su parte, tras esa prim⬦⬦ ⬦⬦⬦ncia⬦⬦ ⬦⬦otro, parecía haber c⬦ido en una especie de ataque

52

con algunos. Otras veces se cruzaban por el hotel. Hubo más invitaciones a que se sumara a ellos en sus salida▮▮▮bién hubo ▮ ▮xcusas para no hacerlo. Hasta que, como era previsible, llegó el día en que sus pretextos le dejaron en evidencia. A partir de entonces se precipitaría todo▮ ▮ciéndole, c ▮aprobación o sin ella, al lugar que él mismo había elegido, quizás cuando era otro.

▮par en un concierto había conseguido ▮iga italiana como

▮ abandonar su ▮ria▮ ▮ ▮ con ▮ió ▮ga, no ▮no?'. Volvió a sosteniendo el ▮ve respiro para ▮stió Rubén. Él ▮ión. Al fin, se ▮permaneció ▮vestirse-.

▮esechó la ▮nkel, que ▮probado ▮orzar las ▮bitación ▮ia hora ▮ donde ▮nto en ▮leriano ▮cogió la bandeja y cerró precip▮▮▮▮▮▮▮▮▮▮▮, dejó la fuente encima de la mesa y dudó si abrir de nuevo la puerta. El corazón le latía rápido. ¿Seguiría en el pasillo? Esa idea le provocó un escalofrío. Por supuesto que no. Iría o vendría de recoger algo de su habitación, simplemente se había detenido, sorprendido también él, al verle. Pero ¿no estaba Rubén supuestamente en el concierto? Bueno, también él supuestamente estaba cenando fuera. Molesto porque todas aquellas

43

ÍNDICE